महाभारत
के बाद

उपन्यास

भुवनेश्वर उपाध्याय

भुवनेश्वर उपाध्याय का बहुआयामी लेखन आम आदमी के मानसिक एवं भावनात्मक द्वंद्वों और टकरावों का लेखन है जिसमें वो सब ध्वनित होता है जो मानवीय चेतना को झकझोरने का माद्दा रखता है। जिसमें जटिलताएँ, उलझनें, जुड़ाव, विखराव, घृणा और प्रेम के साथ साथ वो सामाजिक, पारिवारिक गतिशीलता भी देखने को मिलती है जिसे जीवन कह सकते हैं। दुनिया को देखने की उनकी अपनी एक प्रथक आलोचकीय दृष्टि है जो उनके लेखन के विभिन्न पहलुओं में नजर आती है। साथ ही जीवन के विभिन्न मनोवैज्ञानिक पक्ष भी, जहाँ लेखक छोटी-छोटी बातों और निर्णयों से जीवन को और सुंदर, और सुखद बनाने की कल्पना करता है। जो है; और ये होना चाहिए के बीच अपनी सृजनात्मकता से एक नई राह सुझाने का प्रयास करता है। भुवनेश्वर उपाध्याय पूर्ण कालिक लेखक के रूप में स्वतंत्र लेखन और आलोचना में लगभग दो दशकों से निरंतर सक्रिय हैं।

महाभारत के बाद

भुवनेश्वर उपाध्याय

महाभारत के बाद (उपन्यास)
© भुवनेश्वर उपाध्याय

प्रकाशक : **रेडग्रैब बुक्स**
942, मुठ्ठीगंज, इलाहाबाद-3 उत्तर प्रदेश, भारत
वेबसाइट - www.redgrabbooks.com
ईमेल - contact@redgrabbooks.com

एवं

एनीबुक
जी248, द्वितीय तल, सेक्टर-63
नोयडा, उत्तर प्रदेश 201301
वेबसाइट - www.anybook.org
ईमेल - contactanybook@gmail.com

संस्करण : प्रथम, जुलाई 2018
आवरण : श्री कम्प्यूटर्स, इलाहाबाद
टाइप सेटिंग : श्री कम्प्यूटर्स, इलाहाबाद
ISBN : 978-93-87390-37-9

समर्पण

ये कृति

मेरे पूज्य पापा जी को समर्पित है

जो शुरू से ही मेरे लेखन के लिए विशुद्ध

आलोचक की भूमिका निभाते आये हैं।

पूर्वाभास

महाभारत के कुछ पात्र और उनके जीवन-चरित्र लगभग दो तीन वर्षों से मेरे विचारों से निरंतर जुड़े रहे। मंथन कई बार मानसिक द्वंद्व की स्थिति तक भी पहुँचा। आज आदमी छोटी-छोटी महाभारतें अपने घरों में, जीवन में, सहता और देखता आ रहा है। इस टूटन, इस बिखराव का असर उसके जीवन में साफ दिखाई देता है। जीवन के अंतिम क्षणों में किये गये कर्मों की निरर्थकता की अनुभूति और अधिक प्रताड़ित करती है। कभी-कभी ये प्रश्न उठता है कि आदमी देख, सुन और भोगकर भी नहीं चेतता... मगर क्यों? उत्तर में सिर्फ एक ही शब्द कौंधता है 'स्वभाव'; जिसके कारण वह वैसे ही कर्मों की ओर अग्रसर होता है, जैसी उसकी सोच और अंतःप्रेरणा होती है। और फिर जब वह अपने किये का परिणाम भोगते हुए स्वयं का विश्लेषण करता है, तब मन में एक ताप उत्पन्न होता है, जो भीतर ही भीतर उसे निरंतर जलाता है। पीड़ा देता है। मगर उसे सुधारने का समय नहीं देता। जब परिणाम सामने होते हैं, तब बहुत सी बातें अपने आप ही महत्त्वहीन हो जाती हैं।

मैंने कुछ महीनों में महाभारत के ऐसे ही कई पात्रों के बहाने, एक आम आदमी के मनःस्ताप को शब्द देने का प्रयास किया है। कैसे आदमी ज़रा सी प्रतिकूलता को, प्रतिशोध का कारण मानकर, उसे जीवन का ध्येय बना लेता है। उसके कर्म कुछ और नये प्रतिशोधों के जनक बन जाते हैं; तब पीढ़ियाँ उसके दुष्परिणाम भोगती हैं। विकास के क्रमिक उपक्रम के स्थान पर मनुष्य, विनाश के लिये आयुध जुटाता है, सिर्फ अपनी कुंठा और अहं की पूर्ति के लिये।

महाभारत एक ऐसा अद्भुत ग्रंथ है, जिसमें जीवन को समझने के लिए उसके विभिन्न आयाम मौजूद हैं और यदि जीवन समग्र रूप में सामने हो तो उसे समझने में और आसानी होती है। मनुष्य के जीवन में कई अवसर ऐसे आते हैं, जहाँ से वह अपने उत्तम कृत्यों के द्वारा देवत्व तक प्राप्त कर सकता

है और वही अपने घृणित कर्मों के द्वारा अधोगति को भी प्राप्त कर सकता है। मानव के मानवीय कमजोरियों से ऊपर उठकर, मानवेतर होने का प्रयास ही तो देवत्व है और यही सही मायनों में मनुष्य होने की सार्थकता भी है। ये स्थिति एक व्यक्ति का व्यक्तिगत आत्मोत्सर्ग है, जो समाज में आदर्श के रूप में स्थापित हो जाता है।

एक ओर एकलव्य उपेक्षित होने पर भी मजबूत आत्मबल, आस्था के प्रति समर्पण और स्वविवेक का सहारा लेकर सर्वश्रेष्ठ बन जाता है। वह घृणा की जगह त्याग और धर्म को आदर्श के रूप में स्थापित कर, स्वयं के लिए अमरता का मार्ग प्रशस्त कर लेता है, जबकि कर्ण, उसी विद्या के लिये छल का सहारा लेता है। घृणा एवं प्रतिशोध को धारण करता है और फिर उसके यही कृत्य उसकी अधोगति के कारण बनते हैं। उसके समग्र जीवन को विश्लेषित करते हुए, कभी-कभी लगता है कि उसका त्याग, दान आदि सब एक हताशा- जन्य क्रिया थी, जो केवल उसे दुनिया के समक्ष अच्छा साबित करने के लिए थी। अतिमहत्त्वाकांक्षा, प्रेम और सम्मान कहाँ दिला पाती है, बल्कि वह स्वयं के कर्मों, व्यवहारों से हृदय में कटुता और भर देती है।

कर्ण, जब सूर्यदेव के मना करने पर भी इन्द्रदेव को कवच-कुंडल दान कर देता है और माता कुंती को पांडवों को न मारने का वचन देता है, तब उसका चरित्र ऊँचा उठता दिखाई देता है, साथ ही जीवन के प्रति उसकी उदासीनता भी परिलक्षित होती है। कारण, वही उपेक्षा, जो उसके नाम के साथ 'सूत' शब्द जुड़ने से दुनिया ने उसे दी है। कर्ण में एक और उत्तम मानवीय गुण नजर आता है, वो है कृतज्ञयता और इसी गुण के कारण वह सदैव दुर्योधन के साथ खड़ा दिखता है। यही कर्ण का उसके उपकारों के प्रति सच्चा समर्पण है। वह दुर्योधन के प्रति इसीलिए निष्ठावान रहा, क्योंकि वह उसकी कमियों के साथ खड़ा रहा। ऐसे ही कुछ मामलों में दुर्योधन भी श्रेष्ठ प्रतीत होता है।

महाभारत, कुरुक्षेत्र में लड़ा गया केवल एक युद्ध नहीं था, जिसे केवल दो सेनाओं और योद्धाओं ने लड़ा हो, बल्कि ये तो वो महासंग्राम था, जिसे उस समय उपस्थित हर एक व्यक्ति ने अपने अंतर्द्वंद्व के रूप में, स्वयं से ही

लड़ा था। कौन किसके पक्ष में खड़ा है, इसका निर्धारण भी किसी और ने नहीं किया था, बल्कि स्वयं उसी की इच्छाओं, कुंठाओं, महत्त्वाकांक्षाओं और मानवीय मूल्यों के प्रति आस्था ने किया था। युद्ध के पहले भी बहुत कुछ ऐसा घटा था, जिसके परिणाम स्वरूप ये भीषण संग्राम हुआ, जिसे धर्मयुद्ध का नाम दिया गया था। धर्मयुद्ध, धन-संपत्ति और सत्तात्मक अधिकारों के लिये नहीं होते, बल्कि दो मानसिकताओं के मध्य होते हैं; मानवीय मूल्यों और महत्त्वाकांक्षाओं के मध्य होते हैं।

जब प्रतिक्रिया, प्रतिशोध का रूप ले लेती है तो और भी भयानक हो जाती है। महाभारत ऐसे ही प्रतिशोधों की एक श्रृंखला है, जिसमें हर-बार कुछ नयीं कड़ियाँ जुड़ती रहीं। कारण कुछ भी रहे हों, परंतु इसे रोकने में समर्थ कोई नहीं दिखा... मगर क्यों? यही तो विचारणीय पक्ष है। क्यों सभी का ज्ञान पंगु हो गया था? क्यों सभी का बल, पौरुषहीन हो गया था, जो सत्य की स्थापना न कर सका और बचाव में पक्षपातपूर्ण तर्क गढ़ता रहा।

वहीं एक ओर स्वयं के बनाये घेरों में क़ैद भीष्म, द्रोण जैसे शूरवीरों की सामर्थ्य बेबस दिखती है तो वहीं युयुत्सु और विकर्ण जैसी न्यूनता में भी मुखरता नजर आती है; परंतु वह शक्ति के अभाव में अर्थहीन होकर रह जाती है। विदुर का नीतिज्ञान, राज परिवार की निजी महत्त्वाकांक्षा के नीचे दबकर रह जाता है। जिनमें अन्याय को रोकने की सामर्थ्य थी, वो मौन-दर्शक बने रहे और अपनी कमियाँ, ये कहकर छुपाते रहे कि शक्ति और सत्ता जो करे वही धर्म है... मगर समय मौन नहीं रहा।

द्रौपदी के अनुत्तरित प्रश्नों के उत्तर युद्धभूमि में खोजे गये। गांधारी की आँखों पर बँधी पट्टी का परिणाम, कुरुवंश के पतन के रूप में सामने आता है, इसीलिए उनके कृत्यों पर स्वतः ही प्रश्न चिन्ह लग जाता है। क्या वास्तव में एक औरत का सिर्फ औरत होना इतना विनाशकारी होता है कि उसके प्रतिशोध की आग में तमाम रिश्ते भस्म हो जाते हैं और इस प्रतिस्पर्धा में पुरुष बहुत पीछे छूट जाते हैं।

बुराई में उपजे अहंकार को, दूसरे की सामर्थ्य नहीं सूझती, इसलिये उसका पतन हो जाता है और यदि अच्छाई में अहंकार की भावना आ जाये तो उसे सहज मानवीय कर्तव्य और दूसरे का दुःख नहीं सूझता; परिणाम

यहाँ भी दुःखद और प्रतिकूल ही होता है। इतिहास गवाह है और महाभारत इसकी पूर्ण परिणिति कैसे एक व्यक्ति, दुनिया के दिये एक नाम को साकार करने के लिए, समस्त मानवीय गुणों और दैहिक आवश्यकताओं का त्यागकर, जड़ता को प्राप्त हो जाता है और रसहीन जीवन जीता है।

महाभारत के पात्रों को जब अलौकिकता के सिंहासन से उतारकर जमीनी धरातल पर एक आम मनुष्य के रूप में टटोला जाता है, तो अधिकांश पात्र, स्वयं के अंतर्विरोधों से जूझते और मानवीय कमजोरियों को ढोते प्रतीत होते हैं और कुछ, वैचारिक उत्कृष्टता द्वारा इनसे पार पाने में संघर्षरत नजर आते हैं। उनमें सिर्फ श्रीकृष्ण के रूप में ही एक महामानव नजर आता है, जो अपने नवीन विचारों एवं कर्मों से एक देवता के रूप में उभरकर सामने आता है। वह प्रेम का पाठ पढ़ाते हुए दीन-दुःखियों का उद्धार करता है, निरंकुश आतताइयों का विनाश करता है। उसे न सत्ता का मोह है, न कोई आसक्ति और जीवन का उद्देश्य, केवल मानव मात्र का कल्याण करना। धर्म के निमित्त शक्ति और सामर्थ्य का इससे सुंदर उपयोग और क्या हो सकता है!

असल में मानवीय कमजोरियों पर विजय की घोषणा ही देवत्व है। प्राणि मात्र के कल्याण की कामना एवं उससे प्रेम ही देवत्व है और इसके लिए किया गया हर एक सफल प्रयत्न, मनुष्य को ईश्वर की श्रेणी में लाकर खड़ा कर देता है। यहाँ शक्ति और सामर्थ्य से अधिक वो भरोसा महत्त्वपूर्ण है, जिसके बल पर एक याचक अपने आराध्य से, अपने कल्याण की याचना कर सकता है और उसे पा भी सकता है।

यतः धर्मस्ततः कृष्णः, यतः कृष्णस्ततो जयाः' ...और श्रीकृष्ण ने यही भरोसा दिखाया है। महाभारत के इस घटनाक्रम में, भले ही सभी कार्य और कारण, स्वभावगत और परिस्थितिजन्य ही रहे हों, परंतु परिणाम के सूत्रधार तो केवल श्रीकृष्ण ही रहे और यही उनके कर्मों की दैवीय परिणति है, इसीलिये उन्हें अंत में सभी ने एक अलौकिक शक्ति के रूप में स्वीकार किया है। उनका संपूर्ण जीवन यही कहता है, कि वो धर्म, वो जड़ता, वो ज्ञान और वो सभी कुछ त्याग दो, जो मनुष्य के मनुष्य बने रहने में बाधक हो; अनिष्टकारी हो... केवल प्रेम का वरण करो; उससे अधिक सुंदर और

सच्ची कोई वस्तु इस संसार में दूसरी नहीं है।

जब समस्त कारण, कार्य और परिणाम, सभी के समक्ष उपस्थित हों, तो आत्मविश्लेषण जरूरी हो जाता है और तब, सत्य से साक्षात्कार होने में देर नहीं लगती। युद्ध के बाद जो घट रहा था, वो मानवीय संवेदना के दृष्टिकोण से, युद्ध से कहीं अधिक भयावह था। उन माँओं के हृदयों से पूछो, जिन्होंने युद्ध में किशोरवय संधि पर कदम रखते हुए, अपने पुत्रों को खोया है और उन पत्नियों से भी पूछो, जिन्होंने दांपत्य के नाम पर केवल कुछ सुखद पल ही जिये थे।

सत्ता, महज भोगविलास के लिये नहीं होती और अगर कहीं हो जाती है तो राजा और राज्य, दोनों का ही पतन हो जाता है। युद्ध के बाद नवनिर्माण का कार्य बहुत कठिन होता है, इसीलिये सभी चाहते थे कि युधिष्ठिर राजा बनें और युद्ध के बाद पुनरोत्थान की चुनौती को स्वीकार करें। यहाँ हालात कुछ अलग थे और हारे-जीते पक्ष अभिन्न।

महाभारत के कुछ पात्र, न पूर्ण रूप से मानव प्रतीत होते हैं और न पूर्ण रूप से मानवेतर; इसीलिये ये कभी-कभी समय की धाराओं में बहते हुए असहाय प्रतीत होते हैं, तो कभी चमत्कारों की अलौकिक आभा रचते हुये नज़र आते हैं। भीष्म पितामह जैसा योद्धा, बाणों की शय्या पर पड़े हुए भी अपने अनुभवों के द्वारा, औरों के लिये सुख-शांति के नये मार्ग अपने उपदेशात्मक वचनों से प्रशस्त करता है; वहीं युधिष्ठिर, स्वधर्म और समय की आवश्यकताओं से, बेमन से ही सही, परंतु सामंजस्य बिठाने के साथ-साथ कुछ जड़ताओं को कमजोर करते हुए भी दिखाई देते हैं। यहाँ कुछ पात्र ऐसे भी हैं, जिन्होंने समस्त मानवोचित गुणों को त्यागकर अधोगति पाई, जिनमें गुरुपुत्र अश्वत्थामा प्रमुख हैं और श्रीकृष्ण के द्वारा उनके लिये चुना गया दंड, विलक्षण।

यदि अश्वत्थामा का जीवन और चरित्र देखा जाये, तो द्रोणाचार्य की महत्त्वाकांक्षा का ज़हर, उसके जीवन को कलुषित करता दिखाई देता है। उसके स्वभाव में ब्राह्मणों वाले गुण, कुछ और ही रूप लेते दिखाई देते हैं... उसके लिए धर्म के अर्थ का केवल दुर्योधन के प्रति निष्ठा तक ही सिमटकर रह जाना, कहीं-न-कहीं उसकी मानसिक दासता की ओर इशारा

करता है, जिसकी जड़ में, स्वार्थ और हीनताजन्य महत्वाकांक्षा का खाद पड़ा दिखाई देता है। अश्वत्थामा के व्यक्तित्व में न कोई विशेषता परिलक्षित होती है और न वो विवेक दिखता है, जिसे गुरु द्रोणाचार्य की प्रतिछाया के रूप में उभरकर सामने आना चाहिए था।

जो घटनाओं और दुनिया के प्रति उत्तरदायी नहीं होते, परंतु सहभागी होते हैं, वो एक सहयोगी के रूप में ही याद किये जाते हैं, दोषियों में नहीं। युद्धभूमि में जो वीरगति को प्राप्त हो गये, उनके बारे में तो इतिहास लिखेगा, परंतु जो बच गये हैं, उन्हें अपने आत्मविश्लेषण की आवश्यकता इसीलिए और महसूस हुई, क्योंकि इसके बिना नवनिर्माण संभव ही नहीं था। वो सब अपनी-अपनी भूमिकाओं का मंथन स्वयं कर रहे थे। क्या किया है, और क्या-क्या कर सकते थे? परंतु वो नहीं किया? क्यों नहीं किया या क्यों नहीं कर पाये, जब इन प्रश्नों के उत्तर सामने आये, तो अहं, दंभ, महत्त्वाकांक्षा और थोथे धर्म पर खड़े महल, भरभराकर गिर गये। 'महाभारत के बाद' ऐसे ही कुछ आत्मविश्लेषणों का ताना-बाना है।

सबसे प्रथम, इसका एक अंश मेरे पापा जी ने देखा था और उन्होंने ही इसे उपन्यास के रूप में पूरा करने के लिए प्रोत्साहित भी किया था। गांधारी के जीवन को उद्घाटित करता वहीं अंश, मैत्रेयी पुष्पा जी के संपादन में इन्द्रप्रस्थ भारती के फरवरी-2018 अंक में छपकर आया; खूब सराहना मिली। तत्पश्चात, जब वरिष्ठ समीक्षक डॉ. अवध बिहारी पाठक जी ने भी इसे देखा, तो उन्होंने इसको पढ़कर बहुत ही सकारात्मक प्रतिक्रिया दी, साथ ही इसको औपन्यासिक कृति के रूप में लाने के लिए प्रेरित किया। उन सभी को धन्यवाद, जिन्होंने मुझ पर भरोसा जताया है, जिनमें रेडग्रैब बुक्स पब्लिकेशन एवं वीनस केसरी जी भी शामिल हैं, जो इसे प्रकाशित कर, पाठकों के लिए ला रहे हैं।

दिनांक

11-02-2018

भुवनेश्वर उपाध्याय

डबलगंज सेवढ़ा,

दतिया, म.प्र. 475682

1

युद्ध का दसवाँ दिन खत्म होते-होते, भीष्म के पराक्रम का सूर्य भी अस्त हो गया था, मगर उनके लिए युद्ध अभी समाप्त नहीं हुआ था; उन्हें अब अपने व्यथित हृदय की शांति के लिए स्वयं से और लड़ना था। युद्धक्षेत्र से थकी और रक्तरंजित देहें, अपने-अपने शिविरों की ओर प्रस्थान कर चुकी थीं, ताकि कल फिर सूर्योदय के साथ ही उसी मारकाट के क्रम को पुनः आगे बढ़ाया जा सके। दूर-दूर तक फैले विशाल युद्धक्षेत्र की भूमि, रक्त से सन गई थी... उस पर उगी घास-घोड़ों, हाथियों और सैनिकों के पैरों तले कुचली जाने के बाद और उस पर जमे रक्त के कारण अत्यधिक रक्ताभ होकर अधिक भयावह लग रही थी। धर्म-अधर्म से परे, युद्धभूमि में पड़ा रक्त, समानभाव से एकाकार होकर मनुष्य की क्रूरता की कहानी कह रहा था।

श्वेत रेशमी धोती, जिस पर चमकदार किनारी लगाई गई थी; जो श्वेत, मगर रंगीन किनारी वाले अंगवस्त्र के साथ, भीष्म के शरीर पर शोभायमान हो रही थी; जिसे अर्जुन के बाणों ने कवच समेत वेधकर रक्त-रंजित कर दिया था। कुछ जरूरी अंगों को छोड़कर धँसे वही बाण, भीष्म की देह के भार को, शय्या की तरह भूमि से कुछ ऊपर उठाये हुए थे।

इच्छामृत्यु का वरदान पाये भीष्म ने, अभी मृत्यु को वरने का विचार त्याग दिया था और स्वयं, सूर्य के उत्तरायण होने की प्रतीक्षा कर रहे थे। समय-समय पर दोनों ही पक्ष उनसे मिलने आते रहते थे।

दुर्योधन ने कुछ सैनिक, भीष्म की सुरक्षा हेतु छोड़ रखे थे, ताकि जंगली जानवर आघात न कर सकें। उन्हें देखकर भीष्म के चेहरे पर मुस्कान तैर गई थी, परंतु साथ ही उभर आई पीड़ा की एक लहर ने उनके चेहरे को कुछ ज्यादा ही विकृत कर दिया था। उनके होंठ हिले, "जाओ, कुछ दूर बैठकर तुम भी विश्राम कर लो; अब इस देह को सुरक्षा की आवश्यकता नहीं है।'' सुनकर सैनिक वहीं खड़े रहे, जिससे उन्हें क्रोध हो आया।

"मुझे एकांत चाहिए!'' उनके होंठ फिर हिले। इस बार स्वर में तीव्रता थी। सुनकर, सैनिक कुछ कदम पीछे हट गए, मगर राजाज्ञा ने उन्हें वहाँ से पूर्णतः हटने की अनुमति नहीं दी। रात्रि के भयावह सन्नाटे को चीरती हुई सियारों और कुत्तों की आवाजें और भयानक प्रतीत हो रही थीं। मगर भीष्म पर इसका कोई प्रभाव नहीं था। कभी-कभी जीवन, मौत से भी अधिक कठिन हो जाता है और तब मृत्यु ही मुक्ति का एक मात्र मार्ग बचता है। भीष्म भी उसी समय की प्रतीक्षा कर रहे थे, परंतु उसे आने में अभी कुछ समय और शेष था।

आसमान में बिखरे असंख्य तारों की तरह ही, भीष्म के मन में अनगिनत प्रश्न उठ रहे थे, जिनके उत्तर वे स्वयं ही अपनी स्मृतियों/अनुभवों से खोजने का प्रयत्न कर रहे थे। उठते प्रश्नों के साथ-साथ दैहिक पीड़ा भी निरंतर उनकी चेतना तक पहुँच रही थी, परंतु उनका आत्मबल, पीड़ा की उस तीव्रता को चेतना पर हावी होने से रोक रहा था; इसीलिए उनकी चेतना, धर्म-अधर्म और कर्तव्यों से मुक्त होकर, जीवन के कुछ वास्तविक पन्नों को पलटने का प्रयास जरूर कर रही थी।

सत्य को कितना भी दबाकर रखा जाये, वह पानी में डूबी लकड़ी की तरह ऊपर आ ही जाता है। भले ही भीष्म के लिए 'काश', 'ये', 'वो', 'किंतु', 'परंतु' जैसे शब्द, अर्थहीन होकर अपनी सामर्थ्य खो चुके हों, फिर भी उनके पास ज्ञान और अनुभवों के रूप में दुनिया को देने के लिये बहुत कुछ था, जिसे प्राप्त करने के लिये आने वाले प्रत्येक सदस्य को वे निःस्वार्थ

भाव से प्रदान कर रहे थे, फिर भी रात्रि के एकांत में उन्हें आत्ममंथन, कहीं अधिक संतुष्टि कारक प्रतीत हो रहा था। उनकी स्मृति उन्हें कुरुवंश के अतीत में भी बहुत दूर ले गई थी, जिसे सिर्फ उन्होंने कथाओं में सुना था। वर्तमान और अतीत के घटनाक्रमों एवं कुरुवंश में जन्मे लोगों के साथ, भीष्म की वैचारिक कड़ियाँ जुड़ने लगी थीं। उन बूढ़ी आँखों में बहुत कुछ स्पष्ट नजर आ रहा था, जिसे समय ने रचा था या फिर दोहराया था।

दानवों, असुरों को पराजित कर, इन्द्रपद पाने वाले राजा नहुष, काम से हारकर पतन को प्राप्त हुए। 'उनके पुत्र कभी सुखी नहीं रह सकते!' ये शाप उनके पुत्रों ने ही नहीं, अपितु उनकी पीढ़ियों ने भी भोगा है। काम, एक ओर सृजन के नये मार्ग प्रशस्त करता है, तो वहीं असंयमित होकर पतन के मार्ग पर भी ले जाता है। क्या वास्तव में काम का वेग इतना तीव्र होता है कि मनुष्य अपना विवेक, ज्ञान सब खो देता है? उत्तर, स्वयं परिणाम के रूप में सामने थे... शायद हाँ।

इसी कुल में पुरु ने अपने यौवन का त्याग किया था। ठीक वैसे ही मैंने भी तो प्रकृति के विरुद्ध जाकर, आजीवन ब्रह्मचर्य के पालन का प्रण लिया था; परंतु क्या इससे उत्थान हुआ? शायद नहीं। किसी के व्यक्तिगत हित के लिए किया गया त्याग, आदर्श भले ही बन जाये, परंतु सामूहिक उत्थान के नये मार्ग तो मानवीय कमजोरियों से ऊपर उठकर ही बनाये जा सकते हैं।

पश्चाताप ने भले ही बेहतर भविष्य के लिए आशान्वित कर दिया हो, परंतु प्रतिज्ञाओं ने जड़ता के अतिरिक्त कुछ भी नहीं दिया। जन कल्याण हेतु, समय के साथ और उसके अनुरूप चलना ही सही मायनों में सामूहिक उत्कर्ष है... काश! मैं ये पहले समझ पाता; तब शायद भीष्म भले ही नहीं बनता, परंतु ये कुरुवंश इस महायुद्ध से अवश्य बच जाता। 'जो होना है वो तो होकर ही रहता है।' ये कहकर अपने उत्तरदायित्वों से बचना आज श्रेयस्कर तो नहीं लगता।

सिंहासन पर बैठकर जिसने अपने अधिकारों और शक्ति का उपयोग, स्वयं के भोगविलास से अधिक, प्रजा की सेवा, रक्षा और उन्नति में किया हो, ऐसे उदाहरण बहुत कम ही दिखते हैं। सत्ता प्राप्ति के बाद इससे बचकर, त्याग और धर्म के मार्ग पर चलना बहुत कठिन प्रतीत होता है। ये

तो वो घृणित दलदल है, जिसमें कोई कमल के सदृश खिलकर ऊपर रह ही नहीं सकता... वह उसी में डूब जाता है, या फिर महत्त्वाकांक्षा और षड्यंत्र की कोई तेज आरी उसे काटकर ही दम लेती है। सिंहासन भी कमाल की चीज है; इससे चरम आसक्ति होती है या फिर चरम विरक्ति; इसमें कोई बीच का रास्ता संभव ही नहीं होता।

यति और ययाति के रूप में एक ने विरक्ति चुनी और वन चला गया; वहीं दूसरा, सिंहासन से जुड़कर वासना के दलदल में धँसता ही चला गया, उसे कोई रोक ही नहीं पाया। केवल काम के कारण ही नहुष, ययाति की संतानें सदैव दुःख भोगतीं रही हैं; पुरु ने असमय वृद्धत्व भोगा और मैंने भीष्म होना स्वीकार किया। कोई किसी को कुछ भी करने से नहीं रोक सकता; इसीलिए सभी अपने किये कर्मों और परिणामों के प्रति स्वयं ही उत्तरदायी होते हैं।

आज मैं, स्वयं भीष्म, जिस गति को प्राप्त हूँ, वो मेरे ही कर्मों का परिणाम हैं और मेरे भीष्म होने का मूल्य भी। जो भी हो, परंतु समय अब कुछ भी सुधारने का अवसर नहीं देने वाला। मनुष्य का अंतरमन तो सभी को चेतावनी देता है परंतु, वो मानसिक दृढ़ता सभी में नहीं दिखती, जिससे उस आवाज को कर्मों में स्थान दिया जाता और न वो विवेक से परिपूर्ण समझ, जो समय की आवश्यकता को जानकर, जड़ताओं को तोड़ सके।

तभी तो शायद अपनी उसी अंतरात्मा की आवाज पर पिता शान्तनु ने, माता सत्यवती के पिता द्वारा रखी शर्त को अस्वीकार कर दिया था। वो एक पुत्र के साथ अन्याय तो नहीं कर सकते थे, परंतु वे उस जड़ को न काट सके, जिस पर आसक्ति की कोंपलें फूट रही थीं। उन्हें सुखी करना मेरा कर्तव्य था; उनकी दुविधा को मिटाकर, उनकी इच्छा के अनुरूप ही मैंने कार्य किया था। एक स्त्री के भीतर पनपी असुरक्षा की भावना और लोभ के कारण, मैं देवव्रत से भीष्म हो गया और उम्र भर उसी एक शब्द (भीष्म) को और पुष्ट करता रहा।

असुरक्षा की भावना और भविष्य के प्रति अत्यधिक सजगता, वर्तमान को जटिल बनाने के साथ-साथ व्यक्ति को स्वार्थी और क्रूर भी बना देती है। 'मैं आजीवन सिंहासन पर नहीं बैठूँगा।' मेरा ये आश्वासन उन्हें संतुष्ट न

कर सका; उन्हें मेरे उन पुत्रों से भी भय था, जो पैदा ही नहीं हुए थे। तब मुझे आजीवन ब्रह्मचर्य-व्रत धारण करने का प्रण लेना पड़ा था। पिता की काम भावनाओं की पूर्ति हेतु मैंने अपनी संपूर्ण कामनाओं का त्याग किया, परंतु परिणाम विपरीत ही आया। ये दैव का दंड था या फिर कर्मों की परिणति; जो भी हो, परिणाम तो उन्हीं के कुरुवंश ने भुगता।

चित्रांगद और विचित्रवीर्य के रूप में हस्तिनापुर को दो कुमार मिले, मगर उनके पालन-पोषण पर भोगविलास का असर रहा। पिता शान्तनु, देह त्याग चुके थे; चित्रांगद, अकाल मृत्यु को प्राप्त हो गये थे। उसके बाद विचित्रवीर्य ने सिंहासन प्राप्त किया। युवा होते हुए भी उसकी भुजाओं में इतना सामर्थ्य नहीं था कि वह अपने लिये स्वयंवर में कोई स्त्री जीत सकता। मुझे स्मरण है, माता सत्यवती ने मुझे इनके विवाह के लिये आदेशित करते हुए कहा था,

''भीष्म! तुम तो सब कुछ जानते ही हो और ये भी, कि सिंहासन को उत्तराधिकारी की आवश्यकता होती है; अब तुम्हें ही इसकी व्यवस्था करनी है।'' मैंने बिना कुछ सोचे अपनी सहमति प्रकट कर दी थी; इसके अतिरिक्त मेरे पास कोई और विकल्प भी तो नहीं था। मैं सिंहासन के आदेशों से बँधा था, इसीलिए हर प्रकार से हस्तिनापुर के सिंहासन की रक्षा करना ही मेरा एकमात्र कर्तव्य था। पाषाण होते मेरे हृदय में, उस समय क्रोध के भाव थे या घृणा के, ये तो मैं नहीं कह सकता, परंतु मुझे ये सब करते हुए प्रसन्नता तो कदापि नहीं हुई। किसी पुरुषार्थहीन व्यक्ति के साथ किसी कन्या का विवाह; वो भी उसकी इच्छा के विरुद्ध करना अन्याय ही था, फिर भी मुझे ये सब बार-बार करना पड़ा।

काशी नरेश की तीनों पुत्रियाँ अम्बा, अम्बिका और अम्बालिका, मेरे रथ पर सवार थीं और मैं उन्हें उनके स्वयंवर से अन्य राजाओं को परास्त करके हर लाया था। अम्बिका, अम्बालिका दोनों ने विचित्रवीर्य से विवाह करना स्वीकार कर लिया था, परंतु अम्बा किसी और से प्रेम करती थी इसीलिये मैंने उसे मुक्त कर दिया था; परंतु हर लिये जाने के कारण वह ठुकरा दी गई थी। तब उसने लौटकर मुझसे विवाह का प्रस्ताव रखा था, परंतु मेरे प्रतिज्ञाबद्ध होने के कारण उसे निराश ही होना पड़ा था। मैंने अपने

प्रण हेतु गुरु के आदेश का अनादर किया और उसके अनुरोध को अस्वीकार करते हुए मैंने उससे कहा था,

"अम्बा, मैं आजन्म ब्रह्मचर्य के पालन का प्रण ले चुका हूँ, इसीलिये मैं तुमसे विवाह नहीं कर सकता, मुझे क्षमा करना।"

सुनकर उसने क्रोध से भरकर कहा था,

"आपने ये तो मुझसे हरण करते समय नहीं कहा था कि देवव्रत जैसा वीर धनुर्धारी मजबूर है; मैंने आपका पौरुष देखा था, इसीलिए पुनः लौट आई... परंतु आज देखा; पुरुष तो सदैव मजबूर ही होता है; कभी वह अपने अहंकार को धारण कर मजबूर हो जाता है और कभी उन कुंठाग्रस्त धारणाओं से जिसे स्वयं पुरुष ने ही बनाया है। एक पराजित पुरुष की कुंठा के समक्ष, प्रेम महत्त्वहीन हो गया और उसने मुझे हरण होने के कारण तिरस्कृत कर दिया; वहीं दूसरा पुरुष, अपने प्रण के कारण मुझे स्वीकारने में असमर्थ है... इसमें मैं कहाँ दोषी हूँ? एक स्त्री के बारे में किसी ने नहीं सोचा। मुझे उस पुरुष की आँखों में प्रेम नहीं दिखा, बल्कि उसमें आपसे पराजय की पीड़ा अधिक थी, जो उसके अहंकार के भंग होने से उत्पन्न हुई थी। क्या कभी कोई पुरुष, स्त्री से सच्चा प्रेम कर ही नहीं सकता? शायद कभी नहीं।" वह कहती जा रही थी।

"स्त्री को पुरुष, सेविका के रूप में चाहता है या फिर भोग्या के; इसीलिए वह स्त्री से तभी तक प्रेम कर सकता है, जब तक वह स्वयं के अहं से पीड़ित नहीं है। धिक्कार है ऐसे पौरुष पर, जो एक स्त्री को आसरा न दे सके।" कहकर वह मौन हो गई थी और मैं निरुत्तर खड़ा था। तब मैंने उससे बड़े ही दैन्य भाव से कहा था,

"देवि! आप विचित्रवीर्य का वरण करें।"

"नहीं, मैं ऐसे पौरुषहीन पुरुष से विवाह नहीं कर सकती, जिसे एक नारी को जीतने के लिये किसी और का सहारा लेना पड़े। सभ्यता के उच्च शिखर पर बैठे होने का दम भरने वाले इन पुरुषों के आचरण तो पशुओं से भी घृणित हैं; पशुओं के संघर्ष में तो फिर भी काम के साथ-साथ भावी पीढ़ी के अच्छी और बलवान होने की चाह भी समाहित होती है। मेरे लिए केवल मृत्यु ही अब अंतिम विकल्प के रूप में शेष है और मैं उसी का वरण

करूँगी।''

अम्बा के शब्द, मेरे हृदय में शूल के समान चुभ रहे थे। उसने आत्मदाह कर लिया; वो भी इस प्रण के साथ कि वह मेरी मृत्यु का कारण बनेगी और वह बनी भी। इसीलिए शिखंडी के समक्ष मेरा शस्त्र न उठाना, मेरा पश्चाताप भी था और मेरी मुक्ति का मार्ग भी। मैं उसका दोषी था... उसका ही क्यों, मैं तो उन सभी स्त्रियों का दोषी था जिन्हें मैं हर लाया था।

काम-वासनाएँ आदमी को भीतर से खोखला और बुद्धि से विवेकहीन बना देती हैं; ऐसे व्यक्तियों को भविष्य दिखाई ही नहीं देता। विचित्रवीर्य भी विलासिता के इसी घृणित दलदल में पड़ा-पड़ा क्षय रोग से ग्रसित होकर निःसंतान मर गया। माता सत्यवती की इच्छा और सिंहासन फिर खाली होकर रह गये थे।

समय जब अपराधबोध कराता है तो उसकी वेदना भी बड़ी विकट होती है; वही वेदना मैंने माता सत्यवती के मुख पर कई बार देखी थी। एक दिन उन्होंने मेरे पास आकर कहा था,

''भीष्म! समय ने मुझे हरा दिया है; हस्तिनापुर के सिंहासन को राजा की जरूरत है... इसे स्वीकार करो और विचित्रवीर्य की पत्नियों से संतान पैदा कर इस वंश को आगे बढ़ाओ; इसे मेरा अनुरोध समझकर मान लो भीष्म।'' उनके स्वर में आत्मग्लानि और दैन्यता समाहित थी। माता सत्यवती का अनुरोध सुनकर मैं कुछ देर मौन रहा, फिर मैंने उत्तर देते हुए कहा था,

''माता, अब इसके लिये बहुत विलंब हो गया है; अब मेरे भीतर कर्तव्य- भावना के अतिरिक्त कोई और भावना या इच्छा शेष नहीं है और फिर मैं प्रतिज्ञाबद्ध भी तो हूँ।''

''पुत्र, एक बार पुनः विचार करो; मैं स्वयं तुम्हें तुम्हारे समस्त प्रणों से मुक्त करती हूँ, आज हस्तिनापुर को तुम्हारी जरूरत है पुत्र!''

''माते, आप आज्ञा दें; हस्तिनापुर के सिंहासन की रक्षा हेतु मैं सदैव प्राण देने को तत्पर रहूँगा।''

''मुझसे प्रतिशोध ले रहे हो पुत्र; मैंने वास्तव में तुम्हारे साथ अन्याय

किया था, फिर भी हस्तिनापुर के लिये ये अनुरोध स्वीकार कर लो; आज ये निर्णय तुम्हारे अधिकार में है, क्या तुम मेरी इस आज्ञा का पालन नहीं करोगे?'' सुनकर मैं मौन न रह सका।

मुझे क्रोध हो आया था और मैंने माता सत्यवती के विवाह से पूर्व जो प्रण लिया था, वही प्रण मैंने और कठोर शब्दों में, उन्हीं के समक्ष जस-का-तस दोहरा दिया। क्या ऐसा करके मैं उन्हें उनके पूर्वकर्मों का स्मरण कराकर प्रताड़ित करना चाहता था कि देखो, दैव ने तुमसे मेरा प्रतिशोध लिया है? शायद नहीं; मैं ये कहना चाहता था कि व्यक्ति अपने निजी स्वार्थ, भय और असुरक्षा के कारण ही स्वयं अपने लिये सुख और उन्नति के मार्ग बंद कर लेता है... मैं भी आप ही के द्वारा बंद किया गया एक ऐसा ही द्वार हूँ, जो कभी नहीं खुल सकता; अब मेरी यही गति है और इसी गति में मेरे लोक और परलोक समाहित हैं।'' माता सत्यवती मौन थीं और मैं मजबूर। हस्तिनापुर के सिंहासन और माता को कोई और विकल्प तलाशना था। जीवन में एक समय ऐसा आ जाता है, जहाँ से लौटना संभव ही नहीं होता; मैं भी उम्र और हालात के ऐसे ही पड़ाव पर अकेला खड़ा था।

मेरे द्वारा उनके अनुरोध को ठुकराये जाने के बाद, माता सत्यवती ने तब महर्षि व्यास जी को बुलाया एवं उन्हें विचित्रवीर्य की पत्नियों से संतान उत्पन्न करने को कहा। व्यास जी ने उनके कथन का अनुसरण किया, तत्पश्चात धृतराष्ट्र, पांडु और एक दासी से विदुर का जन्म हुआ था।

अनिच्छा और प्रेमरहित संसर्ग से उपजी संतानें अपूर्ण ही होती हैं और वही हुआ। धृतराष्ट्र जन्मांध थे और पांडु भी रोगग्रस्त हुए। विदुर दासीपुत्र थे, इसीलिये स्वस्थ्य होते हुए भी वह राज्य के अधिकारी नहीं थे। माता सत्यवती के हृदय में सिंहासन से जुड़ी अनेक महत्वाकांक्षाएँ पनपती रहीं और वही आजन्म उनके दुःख और पीड़ा का कारण भी बनी रहीं। राज्यसुख और वैभव के प्रति उनकी लालसा ने उन्हें उसी में उलझाये रखा।

नियम, धर्म और पात्रता की बहसों के बाद, हस्तिनापुर के सिंहासन पर पांडु का अधिकार हुआ। एक बार फिर धृतराष्ट्र का अंधत्व उन्हें छल गया। उसके इस हीनताबोध को धीरे-धीरे अंधी महत्त्वाकांक्षा में बदलते, मैंने स्वयं देखा था। समय जो कुछ रचता है, उसकी कड़ियाँ भी वही जोड़ देता

है। गांधारी और धृतराष्ट्र के विवाह का निमित्त भी मैं ही बना था। सामर्थ्य जो करे वही धर्म है; ये बात आज उतनी ही असत्य प्रतीत होती है, जितनी कि सूर्य का शीतल होना। व्यक्तिगत स्वार्थ की पूर्ति हेतु शक्ति का प्रदर्शन, कुछ और नये प्रतिशोधों को जन्म दे ही देता है, जिसकी परिणति सदैव अनिष्टकारक ही होती है।

किसी व्यक्ति के अपमान का प्रतिकार यदि तत्काल न हो तो उसकी हीनताबोध जन्य अनुभूतियाँ, कभी-न-कभी प्रतिशोध का रूप ले ही लेती हैं; तब शक्तिहीनता षड्यंत्र रचने लगती है और महत्त्वाकांक्षाएँ जैसे भी हों दूसरों के अधिकारों का हनन करने का प्रयास करने लगतीं हैं। शकुनि की आँखों में मुझे कुछ ऐसी ही कुटिलता नजर आने लगी थी, परंतु मैं विकल्पहीन था, इसीलिए न कुछ कह सका और न कुछ कर सका।

महत्त्वाकांक्षी अंधत्व की विवेकहीन संतानों को अगर शकुनि जैसा मार्गदर्शक और उत्प्रेरक मिल जाये तो उनका सर्वनाश अवश्यंभावी हो जाता है, ये सब जानते हुए भी मैं मौन रहा, क्योंकि मैं सिंहासन के निर्णयों और आदेशों से बँधा था। जब मर्यादाएँ खत्म हुईं तो हस्तिनापुर के लिये मैं केवल एक रक्षक योद्धा बनकर रह गया था। मेरा भीष्म होना सदैव मेरे लिए ही बेड़ियाँ बना रहा और मैं कुछ न कर सका। समय ने मुझे कहाँ लाकर खड़ा कर दिया... जब भी सोचता हूँ तो मन क्रोध और पीड़ा से भर आता है।

कभी सोचता हूँ कि इस विनाश के लिए मैं कितना दोषी हूँ और मुझसे क्या-क्या त्रुटियाँ हुई हैं, तो मेरे समक्ष कई चेहरे उभरते हैं, जिनके साथ मैं न्याय न कर सका था। क्या वास्तव में आदेशों से बँधे लोग, सही-गलत और धर्म-अधर्म के प्रति उत्तरदायी होते हैं? और अगर उत्तर 'हाँ' है तो मैंने अपराध किये हैं... तब ये तीर ही मेरा दंड हैं और यदि उत्तर 'न' है तो फिर मेरी ये दशा क्यों है। इस प्रश्न का उत्तर तो स्वयं मेरी देह में धँसे यही तीर ही हैं जो मेरी प्रतिज्ञाओं के प्रति निष्ठा की तरह ही, मेरे कर्मों से जुड़ गये हैं। मैं विवेकहीन नहीं था, परंतु मेरी मानसिक दृढ़ता ने जड़ता का रूप लेकर, मेरे इस पराभव का मार्ग प्रशस्त किया था। जो मुझे स्वयं करना चाहिये था, उसे मैंने दैव पर छोड़ दिया, यही मेरी सबसे बड़ी भूल थी।

दुर्योधन ने भीम को जहर दिया था, तभी उसे दंडित कर रोका जाना

चाहिये था; जब पांडवों के लिये शकुनि और दुर्योधन ने लाक्षागृह सजाया था, तब भी उन्हें रोका जाना चाहिये था... द्यूतक्रीड़ा जब मनोरंजन का साधन न रहकर, महत्त्वाकांक्षा की पूर्ति और घृणित कृत्यों का साधन बन गई थी, तब भी उन्हें नहीं रोका गया। ये होना चाहिये, था मगर न हो सका। मुझमें रोकने की सामर्थ्य तो थी, किंतु मैं ये तय ही नहीं कर पाया कि वास्तव में धर्म क्या है... मेरे लिये तो मेरे प्रण ही मेरा सब कुछ थे।

अपनी लाज की रक्षा के लिए गिड़गिड़ाती द्रौपदी के मस्तक पर हाथ रखकर उसे अभयदान देना, क्या मेरे लिये धर्म नहीं था? यदि मैं चाहता तो द्यूतक्रीड़ा की जगह, युधिष्ठिर को सिंहासन पर बैठाकर, धर्म और त्याग से परिपूर्ण एक राजा, हस्तिनापुर की प्रजा को दे सकता था; मगर मैंने जो हो रहा है वही होने दिया... ये युद्ध और ये देह में धँसे तीर, शायद इसी के परिणाम हैं; मेरा सारा पुरुषार्थ व्यर्थ चला गया।

ऐसा नहीं है कि मैंने युद्ध रोकने का प्रयास न किया हो, मगर दंभी मूर्खताओं और महत्त्वाकांक्षाओं से परिपूर्ण कौरवों के आगे मेरे समस्त प्रयास व्यर्थ ही रहे। पुनः एक बार फिर खेले गये द्यूत ने ही महाभारत के युद्ध की नींव रख दी थी। मैं पराधीनों के सदृश, पांडवों को वन जाते देखता रहा।

कर्ण और शकुनि जैसे हितचिंतकों ने दुर्योधन की बुद्धि को ग्रस लिया था। पांडवों के लौट आने पर, संधि के समस्त मार्गों को बंदकर, स्वयं दुर्योधन ने श्रीकृष्ण का भी अनादर किया, जो दैवीय शक्तियों से परिपूर्ण पुरुष थे। मेरे द्वारा पांडवों के सामर्थ्य और बल का बखान करना भी इन मन्दमतियों को समझ नहीं आया। मैं कौरव सेना का सेनापति तो बना, मगर पांडवों का वध न कर सका; सेना और अन्य महारथी ही मेरे शिकार बनते रहे। इस युद्ध ने मेरे तन के साथ-साथ मेरी आत्मा को भी थका दिया था; ये मेरे लिये अपने कर्मों के हिसाब का समय था, इसीलिये जब श्रीकृष्ण और युधिष्ठिर ने, मुझसे मेरी मृत्यु का मार्ग पूछा, तो मैंने उन्हें सहर्ष ही बता दिया था। मुझे शिखंडी के रूप में अम्बा का प्रण और मेरी मुक्ति, दोनों ही दिख रही थीं।

युद्धभूमि में श्रीकृष्ण ने जब अपना, शस्त्र न उठाने का प्रण तोड़ते हुए मुझ पर शस्त्र उठाया, तभी मैं सब समझ गया था, प्रण, केवल मानव मात्र

की भलाई के लिये ही होने चाहिये; किंतु जब यही प्रण, अधर्म का पक्ष और उसकी सामर्थ्य बनने लगें, तो उन्हें तोड़ने में ही भलाई है। धर्म का अर्थ केवल ठहराव या जड़ता नहीं है, अपितु प्रेम, त्याग और वो कर्तव्य है, जो मानव मात्र के हित की कामना करते हुए जीवन को गतिशील रखता है और उसी के लिए पुरुषार्थ करता है। सचमुच, श्रीकृष्ण के जीवन-चरित्र में एक महामानव और पूर्णपुरुष के दर्शन होते हैं, जो अपने कर्मों से स्वयं को देवत्व तक ले गये हैं। उन्होंने अपने दर्शन से जीवन को सहज और सुखी करने का मार्ग प्रशस्त किया था और मैं स्वयं जीवन भर भीष्म होने का अहं ही ढोता रहा।

आत्मविश्लेषण ने मेरे भीतर की कई धारणाओं को तोड़कर, मेरे ज्ञानचक्षुओं को पुनः सक्रिय कर दिया था। मेरी देह इस अवस्था में भी मेरी समस्त चेतना का भार ढोने में सक्षम थी, इसीलिए आज मेरी आत्मा समस्त कर्तव्यों और प्रणों से मुक्त होकर मुक्ति के लिए सूर्य के उत्तरायण होने की राह देख रही है। संध्या या रात्रि में जब भी मुझसे कोई मिलने आता, तो उसके पास बहुत से प्रश्न होते और मैं उनके उत्तर देता। मैंने ये महसूस किया था कि जब व्यक्ति, देह की आवश्यकताओं से मुक्त और निष्पक्ष हो जाता है तो उसकी दृष्टि और दृष्टिकोण दोनों ही बदल जाते हैं; हृदय, संतुष्टि और संतुलन की अनुभूतियों से भर जाता है, जीवन स्वतः ही बहुत सरल प्रतीत होने लगता है। मैं उन्हें बिना किसी भेदभाव के 'जो है और जो होना चाहिये।' के बारे में बताता रहा। उस वक्त मैं उस दिये की तरह था, जिसका बुझना तय था, इसीलिए शीघ्र ही उस दिये की लौ में, सभी अपनी राह खोजना चाहते थे।

न जाने क्यों मुझे आज उस विकर्ण का स्मरण हो रहा था, जो ये जानते हुए भी, कि जिस सभा में भीष्म, द्रोण और पांडवों जैसे वीर, बेबस होकर बैठे हैं; वह उस सभा में न्याय, धर्म और मानवता के पक्ष में खड़ा हो जाता है। उसका ये कृत्य, हमारे पराक्रम और स्वधार्य धर्म को पुनः विश्लेषित करने के लिये बाध्य करता है।

आज ये महसूस होता है कि धर्म का सीधा संबंध आत्मोत्थान से है, जहाँ प्राणिमात्र के सुख की कल्पना की जाती है और स्व की स्वतंत्रता की

रक्षा भी। यहाँ मुझे युयुत्सु अनुकरणीय लगता है, जिसने अपना पक्ष कितनी सरलता से चुन लिया। उसने धर्मयुक्त अपना पक्ष चुनने में जो मानसिक दृढ़ता दिखाई, वो सराहनीय थी। बिना किसी दबाव के उसने बड़ी सहजता से व्यक्तिगत रिश्तों, संबंधों और स्वार्थों को त्यागकर अन्याय के विरुद्ध खड़े होने में अपना हित समझा, जबकि हम स्वयं को श्रेष्ठ साबित करने के लिये तर्क खोजते और गढ़ते रहे।

प्रतिभा तो एक बेल की तरह विस्तार चाहती है और जो उसे बढ़ने के मौके उपलब्ध कराता है, वह उसी से लिपट जाती है। मैंने परशुराम शिष्य, कर्ण की प्रतिभा रंगभूमि में देखी थी। ये उच्चकुल के होने का दंभ ही तो था, जिस कारण मैं उसका हाथ पकड़कर ये न कह सका कि तुम श्रेष्ठ हो और तुम जैसे वीर धनुर्धर की हस्तिनापुर को आवश्यकता है। तब शायद दुर्योधन, उसकी प्रतिभा को अपने प्रतिशोध और स्वार्थ सिद्धि का साधन न बना पाता।

ये कार्य तो युधिष्ठिर भी कर सकता था, मगर उसने भी नहीं किया। यदि वह कर लेता तो एक शक्ति, सत्य और धर्म के साथ और खड़ी होती। चूक तो हम दोनों से ही हुई है। कर्ण अगर स्वयं बुरा होता, तो त्याग और दान को जीवन में श्रेष्ठ स्थान न देता; जो काम हमें करना चाहिये था उसे दुर्योधन ने किया, इसीलिए कर्ण की प्रतिभा अन्याय के मार्ग पर अग्रसर हो गई।

शायद हम रामराज्य की अवधारणा और उसके आदर्श को अपना ही न सके, जहाँ समता की भावना जन्म लेती है; वरना प्रजा के हित के लिए अंधत्व के स्थान पर, विदुर की योग्यता, दूरदर्शिता और धर्मपरायणता भी तो सिंहासन पर आसीन हो सकती थी... परंतु विदुर का दासी पुत्र होना उसकी योग्यता पर भारी रहा। क्या वास्तव में हम उस समाज का हिस्सा थे, जहाँ न स्त्री जाति का सम्मान था और न किसी की प्रतिभा और योग्यता का स्वागत। भोगविलास और शक्ति की कामनाओं में डूबे इन राजप्रासादों में न जाने कितनी चीखें घुटकर खो गयीं, इसका हिसाब तो समय के पास भी नहीं होगा। मैं स्वयं भीष्म, मात्र एक निमित्त ही था; कारण तो कोई और ही थे।

2

इधर अपने कक्ष में विदुर भी भीष्म पितामह से मिलने का मन बना रहे थे। एक वो ही थे, जो उनके मन की दुविधा को समाप्त कर सकते थे। मन में उठते प्रश्न और अन्तर्विरोधों से जूझकर वे स्वयं को कमजोर महसूस कर रहे थे।

अपने शयनकक्ष के झरोखे से बाहर झाँककर, विदुर पुनः शय्या पर आ पड़े। उनके हाथों ने भले ही अस्त्र-शस्त्र न उठाये हों और युद्ध क्षेत्र में उनके कंधों ने लाशों का बोझ न ढोया हो, परंतु थकान और चिंता से वे उतने ही व्यथित थे जितने कि और। क्षितिज की रक्ताभ पृष्ठभूमि, कुरुक्षेत्र की रक्तरंजित भूमि का स्मरण करा रही थी। युद्ध के परिणाम को देखकर मुझे खुश होना चाहिए या दुखी; मैं स्वयं असमंजस में हूँ।

क्यों मैं दासीपुत्र होने का बोझ उठाये; उम्र भर हस्तिनापुर के दरबार में खड़ा रहा; जबकि वहाँ मेरी कोई आवश्यकता ही नहीं थी। आज ये प्रश्न मेरे समक्ष आ खड़े हुए हैं और अब इन सब प्रश्नों के उत्तर खोजे बिना मेरे मन को शांति नहीं मिलेगी; शायद इनके उत्तर ही मेरे जीवन को कुछ सार्थकता प्रदान कर सकें।

मैं न कौरव हूँ और न पांडव, फिर...? मैं तो दासी पुत्र हूँ; वो

दासीपुत्र, जिसकी बात का, ज्ञान का कोई मूल्य नहीं रहा; मूल्य तो शक्ति और दंभ की संतानों की इच्छाओं का होता है। मुझे भी औरों की तरह व्यासपुत्र होने का सौभाग्य तो मिला, परंतु वो सम्मान और अधिकार नहीं, जो कौरवों और पांडवों को मिले थे। इस पितृसत्तात्मक समाज में, मैं माँ के नाम से पहचाना गया... इस दोहरे मानदंड पर मैं क्या कहता; मगर इसकी पीड़ा तो उम्र भर रही।

मैंने स्वयं देखा है; ये वो समय है, जहाँ शक्ति और सत्ता जो करे वही न्याय है, इसीलिए ये पराभव भी उसी सत्ता और दंभ का है... फिर मुझे दुःख क्यों हो रहा है? मुझे तो युधिष्ठिर की विजय का हर्ष होना चाहिए था; मैं भी तो धर्म के प्रति अपनी निष्ठा रखता आया हूँ।

मेरी तरह वेश्यापुत्र युयुत्सु ने भी वही पीड़ा भोगी है, किंतु मैंने उसकी तरह शस्त्र नहीं चुने, बल्कि शास्त्र चुने थे; वो भी कुरुवंश को कहाँ बचा पाए। मगर क्यों नहीं बचा पाए? इसके उत्तर के लिए, भूतकाल की गहराइयों में दबी घटनाओं का विश्लेषण करना अनिवार्य है और भविष्य के लिए आत्मविश्लेषण भी जरूरी है। विदुर, कायर नहीं था, परंतु सत्य को फलीभूत करने की सामर्थ्य भी इस दासीपुत्र में नहीं थी; फिर भी मैं न्याय और धर्म के निमित्त संघर्ष करता रहा, मुझे ये संतोष अवश्य है। काश! मैं भी युयुत्सु की तरह उत्तरदायित्वों से मुक्त होकर अपना पक्ष चुन पाता।

महाराज धृतराष्ट्र को मैंने स्वयं नीतिज्ञान दिया था, वो सब व्यर्थ ही रहा। तो क्या ये स्वीकार कर लिया जाए कि सामर्थ्य की मनमानी के समक्ष, नीतिज्ञान सब प्रकार से बेबस है? इन बातों में भी परिणाम बदलने की सामर्थ्य नहीं है? नीतिज्ञान, महज भोगे हुए यथार्थ के, वे खोजे गये कारण हैं, जिन्हें शाब्दिक शिल्प से सकारात्मक, सुधारात्मक और संभावनाशील बना दिया जाता है... फिर भी अधिकांशतः मनुष्य सीखता, ठोकर खाकर ही है।

कुरुकुल के पराभव का मैं स्वयं साक्षी हूँ, परंतु दोष किसे दूँ? जिनके दोष थे, वे परिणाम देख चुके हैं। मैंने तो सदैव बिखरे को समेटने और सँभालने का प्रयास किया है; अब भी यही करूँगा... शायद तभी मेरे मन को शांति मिलेगी।

राजा, प्रजा का सेवक और नियंत्रक बन कर रहे तो राजा और प्रजा दोनों सुखी रहते हैं। मगर जब सत्ता, दंभी और स्वार्थी हो जाती है तो एक दिन उसका पतन अवश्य हो जाता है; इस युद्ध के कारणों और परिणामों ने मुझे यही सिखाया है।

विदुर के मन में विकलता बढ़ रही थी। प्रश्नों का प्रवाह निरंतर तेज हो रहा था। शोकातुर रुदन ने राजमहल के गलियारों तक को दुःख-शोक से भर दिया था। ''अब भी कोई है, जिससे मैं अपने मन की कह सकता हूँ।'' विदुर के होंठ हिले। उनके कदम उसी क्षण भीष्म की उस देह की तरफ बढ़ गये, जो बाणों की शय्या पर अपनी मृत्यु के सही समय की प्रतीक्षा कर रही थी।

''प्रणाम ज्येष्ठ!'' वहाँ पहुँचकर विदुर ने कहा।

''आओ विदुर! मैं भी तुम्हारी ही प्रतीक्षा कर रहा था; बड़े व्यथित लग रहे हो।'' भीष्म ने मुस्कराकर पूछा।

''मन अधिक बेचैन हो रहा था; आपका स्मरण हुआ तो मिलने यहाँ चला आया।''

''ठीक ही किया; मुझे भी तुम्हें देखकर प्रसन्नता हो रही है... शायद मेरे कटु अनुभव, भविष्य में तुम्हारे किसी काम आ सकें। तुम्हें तो अभी बहुत कुछ करना है।'' भीष्म ने कहा।

''आया तो इसीलिए ही था... कुछ प्रश्न हैं मन में, जिनके उत्तर तलाशने हैं।'' विदुर बोले।

'पूछो।' भीष्म ने कहा, तो विदुर ने कहना शुरू कर दिया।

''ऐसे नीतिज्ञान और धर्म का क्या लाभ, जो कुछ कर ही नहीं सकता; न आपका ज्ञान और धर्म कुछ बदल पाया और न मेरा, बल्कि इसने तो उलटे हम सभी की सामर्थ्य को बंधनों में जकड़ लिया था।''

''विदुर, ये तुम्हारा क्रोध और हताशा बोल रही है, जो उचित नहीं है। जब तक कोई स्वयं न चाहे; कोई कुछ नहीं कर सकता, ये तुम भी जानते हो और मैं भी; आवेश में लिए गये निर्णय सदैव पीड़ादायी होते हैं।''

"अब मैं क्या करूँ? ये अपराधबोध तो रहेगा ही कि मैं कुछ न कर सका और मेरे सामने ही हस्तिनापुर अपने पराभव की ओर अग्रसर होता रहा।"

"आज जहाँ तुम खड़े हो, मैं भी वहीं खड़ा हूँ, परंतु तुम तो ज्ञान के वाहक हो और ज्ञान का काम तो मार्गदर्शन देना है, उसका पालन कराना नहीं। पालन तो व्यक्ति स्वयं करता है या शक्ति कराती है; तब दोष भी उन्हीं का हुआ। विदुर, कुछ निर्णय समय पर लिए जायें तो ही सही होते हैं, परंतु जब समय गुजर जाये तो पश्चाताप के अतिरिक्त कुछ भी शेष नहीं रहता। मैंने भीष्म को बचाने के लिए देवव्रत की बलि दे दी। बेबस को न दुनिया दोष देती है और न इतिहास; वह तो स्वयं ही कुढ़ता है।"

"मगर मैंने तो पूरी निष्ठा और ईमानदारी से प्रयास किया था फिर भी।?" सुनकर भीष्म मुस्कराये।

"विदुर, हम सभी जीवन भर उसी रिक्तता को भरने का प्रयत्न करते हैं, जिसे हम तीव्रता से महसूस करते हैं; तरीका कोई भी हो सकता है... युद्ध का, ज्ञान का, हठ का, धर्म का या फिर स्वार्थ का।"

"तो क्या आप अपनी इस दशा से क्षुब्ध नहीं हैं?" विदुर ने पूछा।

"नहीं; मैंने भीष्म होने का मूल्य चुकाया है। मैं भी समस्त राजसुख भोग सकता था; समय ने अवसर भी दिये थे, परंतु मैंने भीष्म होने को चुना। मैंने ही नहीं, अपितु जिसके साथ जो हुआ वो स्वयं उसका ही का चुनाव था और जो परिणाम आया, उसी चुनाव का मूल्य है... अगर तुम भी शस्त्र चुनते तो इस रक्तपात के साक्षी नहीं, बल्कि हिस्सा होते।"

सुनकर विदुर मौन हो गये। फिर कुछ देर सोचकर बोले,

"ठीक है; परंतु ये दुःख, शोक और ये आक्रोश क्यों है?"

"क्योंकि तुम निष्पक्ष रहे और ये उसी ज्ञान का अहंकार है; जब अहं जागता है तभी आक्रोश पैदा होता है; रही बात दुःख और शोक की, तो ये दैहिक जुड़ावों के परिणाम हैं।"

"लाक्षागृह से बचने के बाद यदि पांडुपुत्र, हस्तिनापुर सीधे लौट आते

तो क्या हालात कुछ बदल सकते थे?''

''जो हुआ वो नियति थी। समय अपने लिए भूमिका और मार्ग स्वयं ही तैयार कर लेता है। क्या हुआ और क्या होना चाहिए था, इससे कहीं अधिक महत्त्वपूर्ण था कि हम क्या कर सकते थे। शायद चूक हम सभी से यहीं हुई है... हम व्यक्ति और व्यक्तिगत में ही सिमटे रहे। इसीलिए इस परिणाम को न धर्म रोक पाया और न अधर्म; उस वक्त तो सभी निर्णय धृतराष्ट्र को ही लेने थे, जो नहीं लिए गये। हम मर्यादाओं और प्रणों में बँधे रहे और धृतराष्ट्र, पुत्र मोह में। काश! हम ये पहले सोच लेते कि परिणाम ये होगा।

दुर्योधन के कृत्य, बचपन की नादानियाँ नहीं, अपितु पिता की महत्त्वाकांक्षा और मामा की कुबुद्धि का परिणाम हैं। तब कुछ बदल सकता था, परंतु हमने ये आवश्यक ही नहीं समझा।''

''मैंने तो समय रहते चेताया था।''

''हाँ विदुर, तुम दोषी कहीं नहीं हो; तुम्हारी चेतावनी, हमारी कमजोरियों के नीचे दब के रह गयी थीं।''

''कोई अपराधबोध न सही, फिर भी मन व्यथित और अशांत है।''

''व्यथित और अशांत तो मैं भी हूँ विदुर; परंतु इससे उबरने के मार्ग भिन्न है। तुम्हें नवनिर्माण का साक्षी और सहयोगी बनना है और मुझे मृत्यु का वरण करना है... अब तुम प्रस्थान करो।''

''प्रणाम ज्येष्ठ!'' विदुर ने कहते हुए हाथ जोड़ लिए। उन्हें भीष्म के चेहरे पर पीड़ा से अधिक, संतोष दिख रहा था।

लौटते विदुर के मन-मस्तिष्क में, उठते हुए प्रश्नों के मध्य प्रकाश की एक किरण जगमगा उठी थी। उनके होंठ हिले। ''श्रीकृष्ण... हाँ, बस एक तुम्हीं हो, जो हस्तिनापुर और मुझे इस पीड़ा से मुक्ति दिला सकते हो। युद्ध से पहले आपके सान्निध्य का स्मरण है मुझे और आज उन शब्दों के मायने भी स्पष्ट हैं, जो आपने अपने श्रीमुख से कहे थे। अहंकार, जो मार्ग बंद करता है, उसे खोलने की सामर्थ्य, धैर्य और पुरुषार्थ के अतिरिक्त किसी में

नहीं होती; मुझे पांडुपुत्रों का सहयोगी बनना ही पड़ेगा, वरना समय मुझे कभी क्षमा नहीं करेगा... अभी ये विरक्त होने का उचित समय नहीं है।''

धीरे-धीरे मन की विकलता को शांति का तट नजर आ रहा था। दुविधाएँ मिट रहीं थीं। विदुर के कदम कुछ और तेज उठने लगे थे।

3

राजप्रासाद का वह कक्ष, जिसकी दीवारें कभी वैभव और भोगविलास की साक्षी रही थीं। आज वहाँ उपस्थित हरेक व्यक्ति के साथ दुःखी और शोकसंतप्त थीं। गांधारी वहीं मौन बैठीं थीं और धृतराष्ट्र बेचैन होकर टहल रहे थे। जहाँ कभी गुप्त मंत्रणा और अनुमानों से राज्य के समस्त कार्य-भार संचालित होते थे, आज उसी कक्ष में महाराज धृतराष्ट्र के पैर यहाँ-वहाँ टकराकर पीड़ा की लहरें उठा रहे थे। परिस्थितियाँ इतनी विपरीत और हृदयविदारक थीं कि नित्य का अभ्यास भी उनसे छल कर रहा था। इस सबसे अलग उनके मन में जो चल रहा था, वो कहीं अधिक पीड़ादायी था।

जिसका सर्वस्व नष्ट हो गया हो उसे न मृत्यु का भय रहता है और न परिणाम की चिंता; उसे जो समझ में आता है वह कर-गुजरता है धृतराष्ट्र कुछ ऐसी ही मनोदशा से गुजर रहे थे।

"उस समय मेरे भीतर लावे की तरह खौलता क्रोध, एक धमाके के साथ फटकर, समस्त पांडुपुत्रों के अस्तित्व को, उसमें बहाकर नष्ट करने की कामना कर रहा था। युद्ध में विजयी होकर पांडव हस्तिनापुर आ रहे हैं; ये समाचार जब से मैंने सुना था, तभी से मेरे मन में उद्विग्नता हर क्षण बढ़ रही थी। महत्त्वाकांक्षा की जिस बेल को मैं अब तक सींचता आ रहा था, वो

आज जड़ से कटकर नष्ट हो गई थी। मैं आवेश से भरा हुआ भीम की हत्या कर, उससे अपने पुत्रों की मृत्यु का प्रतिशोध लेना चाहता था, जिसके लिए मेरे पास केवल छल ही एक मात्र उपाय था... मैंने वही किया। जब पांडुपुत्र आये तो मैंने भीम के लिए बाँहें फैला दीं। संजय के ये शब्द मेरे कानों में अब भी गूँज रहे थे,

''भीम ने दुर्योधन समेत आपके समस्त पुत्रों का संहार कर दिया हैं।'' उस वक्त मेरे हाथों के बीच जो आया, मैंने उसे चूर-चूर कर दिया था; मगर श्रीकृष्ण ने भीम को बचा लिया था।

जिनके साथ श्रीकृष्ण जैसा सर्वज्ञ हो, उन्हें भला कोई कैसे मार सकता है और फिर मेरे पुत्रों के साथ तो वो थे, जो पराधीन थे या फिर उपकृत। मैं भीम को नहीं मार पाया, इससे कहीं अधिक मुझे इस बात का दुःख था कि अब मुझे पुनः पांडुपुत्रों के अधीन रहना पड़ेगा। मैं ये भी जानता था कि युधिष्ठिर क्षमाशील और धर्मवान हैं; वे इतना सब घटित होने के बाद भी मुझे वही सम्मान और सुख के सभी साधन देंगे, जो मुझे दुर्योधन देता और यही सोचकर मन में कहीं ज्यादा आत्मग्लानि हो रही थी।

मैंने उनके साथ होने वाले हर अन्याय में दुर्योधन का साथ दिया था। अश्वत्थामा अपने जिन कर्मों से अधोगति को प्राप्त हुआ, मैंने भी तो वही किया था; परंतु अब सोचता हूँ तो मेरा असफल होना ही सही था... धर्म और ज्ञान के बिना मनुष्य का कल्याण हो ही नहीं सकता। ये समय मेरे लिये स्वयं के कृत्यों के विश्लेषण का है; शायद इससे और पश्चाताप करने से मन को कुछ शांति मिले।

क्या प्रतिशोध के लिये एक व्यक्ति इतना निर्मम हो सकता है कि वह मनुष्य का रक्त पान करे? मगर भीम ने किया था। क्रोध और घृणा ने तिल-तिल संग्रहित होकर भीम को नरपिशाच तक बना डाला और मैं भी उसे, इसी कामना से मारना चाहता था।

मुझे अपने पुत्रों के कृत्यों को देखकर ये अंदेशा तो पहले ही होने ही लगा था, जिस दिन पांडवों के धैर्य की सीमाएँ और धर्म की मर्यादाएँ टूटेंगी, उस दिन भयंकर भूचाँलें आयेगा; परंतु वह इस तरह आयेगा, ये तो

किसी ने सोचा भी नहीं होगा। मैं जिसके लिये डरता रहा, आखिर वही हुआ। धर्म, पांडवों की कमजोरी नहीं थी, उनका आत्मबल था; काश! ये शकुनि और दुर्योधन भी समझ पाते।''

सिंहासन पर बैठे धृतराष्ट्र आत्ममंथन में लीन थे। उनकी स्मृतियाँ चेतना को निरंतर पीछे की ओर खींच रही थीं। उनके लिए अब भी बहुत कुछ उलझा था, जिसे वे स्वयं सुलझाने का प्रयास कर रहे थे। अब उन्हें लगने लगा था कि जो हुआ उसके पीछे के कारणों को मिटाया जा सकता था और जो हो रहा था उसे रोका जा सकता था। एक राजा के रूप में मैंने वो सब होने दिया, जिसे मेरा एक आदेश ही रोक सकता था; परंतु वो मेरे मुख से कभी निकला ही नहीं। आज तो यही सत्य लगता है कि मैं स्वयं ही अपने कुल के पराभव के लिये उत्तरदायी हूँ।

मैंने स्वार्थ और भय के वशीभूत होकर, युद्ध न हो, इसीलिए संजय को पांडुपुत्रों के पास भेजा था और परिणाम भी अनुकूल ही आया था; परंतु खोट तो दुर्योधन की बुद्धि और नीयत में थी, जिस कारण सारे प्रयास विफल ही रहे। वो मूर्ख तो श्रीकृष्ण को भी बंदी बनाकर रखने की चेष्टा करने लगा था। आज हमारे संयुक्त कृत्यों के समस्त परिणाम प्रत्यक्ष हैं... आज हस्तिनापुर का सम्राट धृतराष्ट्र अपने ही कुल की लाशों के ढेर पर बैठा हुआ इस विनाश पर रो रहा है।

इस कुरुवंश में अपनी पीढ़ी का ज्येष्ठपुत्र होने के कारण हस्तिनापुर के सिंहासन पर मेरा ही अधिकार था, परंतु मेरे अंधत्व ने मुझे उससे वंचित कर दिया था। अगर कहीं उस वक्त मुझे वो सिंहासन मिल गया होता, तो शायद हालात कुछ और ही होते; मेरे भीतर इतनी असुरक्षा की भावना पैदा ही नहीं होती; मैं यही सोचता कि ये सिंहासन मुझे मेरे अधिकार के कारण मिला है, किसी की कृपा या मजबूरी में नहीं। पांडु की मृत्यु के बाद, जब मुझे सिंहासन प्राप्त हुआ तो मेरी हालत उस दुर्बल बच्चे की तरह थी, जो स्वयं को बेहद असुरक्षित महसूस करता है; उसे हर क्षण यही भय बना ही रहता है कि कहीं कोई आकर उससे उसका खिलौना छीन न ले और फिर इसी दुर्बलता ने मुझे स्वार्थी बना दिया था।

हम जो चाहते हैं और यदि कोई उसके अनुकूल और सहायक प्रतीत

होने लगे तो उसमें कमियाँ नजर ही नहीं आतीं, बल्कि उस पर भरोसा और प्रगाढ़ हो जाता है; वही सच्चा हितैषी जान पड़ता है... शकुनि भी मुझे कुछ ऐसा ही हितैषी प्रतीत हुआ था। उसके षड्यंत्र, सिंहासन पर मेरे अधिकार को और स्थायित्व देते लग रहे थे; इसलिए मुझे न धर्म दिखा और न दूसरे किसी की सामर्थ्य; परिणाम के बारे में सोचना तो मेरे बौद्धिक अंधत्व के लिये बहुत दूर की बात थी।

समय ने मेरे साथ कैसे-कैसे छल किये, ये मेरे अतिरिक्त और कौन जान सकता है। नेत्रहीन होने से बड़ा दुर्भाग्य मेरे लिए और क्या होगाः मेरे लिये तो सारी दुनिया केवल श्रव्य होकर रह गई थी और जो भी मेरे आस-पास रहा, उसे केवल स्पर्श से ही महसूस कर पाया।

जब मैंने चेहरों के हाव-भाव कभी देखे ही नहीं, तो पांडवों के दुःखी और पीड़ित चेहरों पर क्या-क्या उभरा है, मैं कैसे देख लेता? स्त्री की देह को मसलने और केवल संभोग के लिये टटोलने पर मेरे हाथ सुख का अनुभव करते थे। केवल स्त्री के अधरों के रसपान से संतुष्ट होने वाला मुझ जैसा मनुष्य, द्रौपदी के चेहरे की लज्जा, पीड़ा, भय और आक्रोश को कैसे देख लेता? मैं तो केवल द्यूत सभा में अपने पुत्रों के हास्य और विजयोल्लास का आनंद ले रहा था; मेरी हीनग्रंथि, मुझे कुछ और सुनने-समझने से रोके जा रही थी। काश! मैं उस वक्त की वो मार्मिक स्थिति देख पाता, तो शायद मौन न रह पाता।

जब गांधारी ने अपने नेत्रों पर पट्टी बाँध ली थी, तब मुझे बड़ा दुःख हुआ था। मैं उसके नेत्रों से दुनिया देखना चाहता था; नगर और वन्य-प्रदेशों के वर्णन उसके मुख से सुनना चाहता था... परंतु कुछ और ही हुआ। मेरे समस्त सुख केवल ऐन्द्रिक होकर देह तक ही सिमटकर रह गये थे; किसी दूसरे की पीड़ा का मेरे लिये कोई महत्व नहीं था। मैं अपने लिये वो सब चाहता था, जो मेरे नेत्र न होने के कारण मुझसे छिन गया था। जब भी गांधारी गर्भवती होती, तब कोई अन्य स्त्री मेरी सेवा में होती थी और मैं उसी की देह को अपने हाथों से महसूसता और उसके अधरों को अपने अधरों से जोड़ देता। तृप्ति की जगह देह की भूख और बढ़ जाती। सुरा, प्यास बुझाने के स्थान पर और बढ़ा देती। पराश्रयी मैं... और मेरे पास इसके अतिरिक्त

करने को कुछ था ही नहीं। मेरे समस्त उत्तरदायित्व और पुरुषार्थ दूसरों के ही आश्रित थे; केवल एक सिंहासन ही था, जिसने मेरी दुर्बलताओं को शक्ति संपन्न कर दिया था।

मैंने, गांधारी के सान्निध्य में कभी प्रेम के उस उल्लास का अनुभव नहीं किया, जो मन को शांति और तृप्ति के ऐसे अथाह सागर में डुबो देता, जहाँ से मेरा मन कभी बाहर निकलने की चेष्टा ही न करता; मगर ऐसा कभी हुआ ही नहीं। उसका मौन कभी-कभी बहुत खलता था, जो सदैव मुझे मेरे अंधे होने का स्मरण कराता रहता था; मैं कभी उस अपराधबोध से निकल ही नहीं पाया, जिसे मैंने कभी किया ही नहीं था।

कामातुर पुरुष देह को तो स्त्री की आवश्यकता होती है... इससे कोई फर्क नहीं पड़ता कि वो राजकुमारी की हो, वेश्या की हो या फिर किसी और की... एक अंधे पुरुष को तो बिल्कुल भी नहीं। कुल, राज्य और सिंहासनों को फर्क पड़ता है; तभी तो माता ने मेरा विवाह एक राजकुमारी से कराया था... परंतु प्रेम न करा सकीं। सम्मान अलग बात है और प्रेम अलग। मुझे तो वो प्रकाश चाहिए था, जो मेरे अंधकारमय जीवन में सुख के बीज बो सके।

प्रेम का वो उल्लास तो मैंने किसी और के सान्निध्य में महसूसा था। दुनिया उसे वेश्या कहती है; उसने ही मेरे जीवन में प्रेम के कुछ क्षण बोये थे, जिसके फलस्वरूप उसके भीतर, युयुत्सु के रूप में वही प्रेम पनपने लगा था। वो मेरा पुत्र होकर भी उपेक्षित रहा, फिर भी उसने धर्म का मार्ग नहीं छोड़ा। एक बार उसकी माँ ने मुझसे पूछा था, 'महाराज! हमारे इस पुत्र का क्या भविष्य होगा? ये समाज और आपका राजपरिवार, दंभ और शक्ति की ऊँची मीनारों पर आरूढ़ है, वो इसे अन्य युवराजों की तरह कहाँ अधिकार देगा; ये भी अन्य अवैध संतानों की तरह ही उपेक्षित जीवन जियेगा।''

उसकी बातें मुझे कचोट रही थीं, परंतु मैं मौन था। उसका प्रेम, मेरे सिंहासन और वासना के नीचे दब गया था। मुझे मौन देख उसने फिर कहा,

''आह! ये कैसी नियति है, एक सम्राट का पुत्र, वेश्या-पुत्र कहलायेगा। भूमि, कब पैदा किये हुए धान्य पर अपना हक जताती है; परंतु

जो दाने भाग्यवश उपेक्षित होकर वहीं पड़े रहते हैं, वे यदि समय की परीक्षा में उत्तीर्ण हुए तो पेड़ अवश्य बनते हैं महाराज; राजा हो या कोई अन्य; पुरुष का व्यवहार कभी नहीं बदलता। उसे तो अपने उत्तराधिकारियों को पैदा करने के लिए एक कुलीन स्त्री ही चाहिए और वासना-पूर्ति हेतु एक वेश्या।'' उसके प्रश्नों का मेरे पास कोई उत्तर नहीं था। उसका कथन सत्य ही निकला; युयुत्सु ने धर्म का मार्ग, स्वयं अपने विवेक से चुना और वह आज जीवित है।

शायद मुझे कभी अपने पुत्रों से प्रेम था ही नहीं। प्रेम तो सभी का हित सोचता है। मेरे पुत्र तो मेरी अंधीमहत्त्वाकांक्षा के साधन मात्र थे और मैं उनके अहं की पूर्ति का साधन भर। मैंने दुर्योधन के नेत्रों से दुनिया देखी और शकुनि के षड्यंत्रों से महसूस की; मेरा विवेक तो लोभ-मोह और उस प्रतिशोध की भेंट चढ़ गया, जो इस संसार की उपेक्षा के फलस्वरूप मेरे भीतर जन्मा था। सिंहासन ने मुझे अधिकार तो दिये, परंतु समभाव और कर्तव्यों की भावना के स्थान पर मेरे भीतर असुरक्षा के विष को भर दिया, जिसने कभी मुझे मेरे हीनताबोध से मुक्त होने ही नहीं दिया।

कभी-कभी भय भी कुछ अच्छे कार्य करा देता है; मैंने भी उस दिन भय के कारण ही सही, परंतु उचित निर्णय लिए थे; द्रौपदी के साथ-साथ कुरुवंश का मान भी बच गया था। द्यूतसभा में हुए चमत्कार से, सभा में हास्य की जगह भय की आहट सुनाई दे रही थीं। मुझे लगा कि इस समय पांडुपुत्रों को मुक्त कर, उनका सब लौटाना ही उचित और श्रेयस्कर है।

एक बार के द्यूत के विनाशकारी परिणाम देखकर भी मुझे बुद्धि नहीं आई; मैंने पुनः पुत्रमोह में एक बार फिर वही किया; परिणाम स्वरूप, पांडुपुत्र सब कुछ हारकर, वनवास और अज्ञातवास के लिये चल पड़े थे। मुझे सुख का अनुभव उतना नहीं हुआ, जितनी कि आशंकाओं ने पीड़ा दी। जब पांडुपुत्र लौटेंगे तब क्या होगा; वो आकर पुनः अपना अधिकार माँगेंगे। भीतर से मैं भी उन्हें कुछ नहीं देना चाहता था, इसीलिए मैं भी दुर्योधन के साथ खड़ा हो गया था। काश! मैं धर्म के मार्ग पर चलकर उसकी महत्त्वाकांक्षा को नियंत्रण में रख पाता। अहंकार ने दुर्योधन को निरंकुश कर दिया था और मैं तो जन्म से ही पराधीन था।

विराट नगर से पराजित होकर लौट आई कौरव सेना को देखकर भी दुर्योधन नहीं चेता। युद्ध अवश्यंभावी प्रतीत हो रहा था। मगर मेरे भीतरी नेत्र जो देख रहे थे वो बड़ा पीड़ादायी था; पितामह भीष्म जैसे योद्धा का साथ भी केवल दैहिक था। उनका हृदय तो सत्य और पांडुपुत्रों के पक्ष में खड़ा था। युद्धभूमि में एक तरफ स्वार्थ और उदासीनता खड़ी थी, तो दूसरी तरफ धर्म और प्रतिशोध की अग्नि... जिसकी ऊष्णता मैंने हस्तिनापुर में महसूस की थी। जब युद्ध शुरू होने वाला था, तब मैंने संजय से पूछा था।

''संजय! कौरव सेना ने क्या रणनीति बनाई है, मुझे भी बताओ।''

''युवराज दुर्योधन ने पितामह को सेनापति बनाया है।'' संजय ने बताया तो मैं चौंक गया था। मैं उस रूप में कर्ण को देखना चाहता था। मुझे पितामह भीष्म की निष्ठा पर तो संदेह नहीं था, परंतु पांडुपुत्रों के प्रति उनके प्रेम को कौन नहीं जानता था; इसीलिए वो पांडुपुत्रों के प्राण हरेंगे, इस पर जरूर संदेह था और हुआ भी वही। उनकी देह में धँसे तीर, मेरा हृदय आशंकाओं से भर रहे थे।

संजय के शब्द, तीरों की तरह मेरे हृदय में धँस जाते थे और मैं छटपटाकर रह जाता; मेरे पुत्रों पर भीम के गदा की हर चोट, मुझे मर्मांतक पीड़ा देती थी, परंतु मैं कुछ कर नहीं सकता था... किये गए कर्मों के परिणाम बदलने की सामर्थ्य इस अंधे में नहीं थी। मैं अपने कर्मों से कारणों को नियंत्रित कर सकता था, परंतु मैंने किये ही नहीं; ये उसी का परिणाम है, जिसे आज हस्तिनापुर के साथ मैं भी भोग रहा था। एक-एक कर मैंने अपने सौ पुत्रों को खो दिया था, फिर भी मैं जिंदा हूँ। सचमुच, प्राणों का मोह बड़ा प्रबल होता है... सिंहासन के मोह से भी प्रचंड; उनकी खंड-खंड होती देह के बारे में सुनकर भी मेरे प्राण नहीं निकले।

मेरे कान अब मेरी विधवा पुत्रवधुओं का करुण-क्रंदन सुन रहे थे; जिन्होंने न पितामह भीष्म की सलाह सुनी और न विदुर का दूरदर्शिता से परिपूर्ण नीतिज्ञान। मैं अब सिंहासन से उतरकर एक ऐसे अंधकार में समाहित होने जा रहा था, जो मेरा प्रारब्ध और मेरी नियति थी; जहाँ पश्चाताप की अग्नि में जलकर, मुझे अपने लोक-परलोक दोनों सुधारने थे। ये तो मुझे ज्ञात नहीं कि इतिहास मेरे बारे में क्या लिखेगा, परंतु ये बात

मुझे जीवन के अंतिम क्षणों तक कचोटती रहेगी कि पुत्रमोह में लिये गये कुछ पक्षपातपूर्ण निर्णयों ने, इस महायुद्ध की भूमिका बाँधी थी, जिसके समस्त प्रतिकूल परिणाम मेरे ही समक्ष साकार खड़े हैं। मेरे बंद नेत्रों ने तो कुछ भी नहीं देखा, जिसका उदाहरण देकर मैं अपनी पीड़ा व्यक्त कर देता।''

धृतराष्ट्र की देह, शिथिल होकर बिस्तर पर पड़ी थी। मन में विचारों का ज्वार चढ़ता और फिर उतर जाता। उन्हें इस प्रताड़ना से कब मुक्ति मिलेगी, इसे तो ईश्वर के अतिरिक्त कोई नहीं जानता था।

4

भीष्म के आत्ममंथन और युद्ध की विभीषिका के मध्य, समय आगे बढ़ते हुए सभी का लेखा-जोखा तैयार कर रहा था। इसके साथ-साथ ही आत्मविश्लेषण के द्वारा, युद्ध में बचने वालों को, जीवित रहने के कारण तलाशने थे और भविष्य के लिए उम्मीद बाँधनी थी। केवल एक के हठ और अंधी महत्त्वाकांक्षा के लिए आज समस्त हस्तिनापुर, विनाश के कगार पर खड़ा है; इसका उत्तरदायित्व तो उन्हें ही स्वीकारना था, जो जीवित बचेंगे। वह दिन भी आ गया, जब अस्त्र-शस्त्र एक ओर रख दिये गए और सभी के हाथ, मृतकों की आत्मशांति के लिए ईश्वर की ओर सहज ही उठ गये, क्योंकि युद्धभूमि में घटित घटनाक्रम को उसी ईश्वर की इच्छा का परिणाम मानकर सभी, मन को धैर्य बँधा रहे थे। मानवीय कमजोरियों और त्रुटियों को विश्लेषित कर स्वीकारने वाले बहुत कम ही थे।

समय भी कभी-कभी कहाँ लाकर छोड़ देता है, जहाँ दुविधा ही व्यक्ति की नियति बन जाती है। भीतर की आग जलते-जलते पता नहीं कब बाहर तक आये; परंतु जब वह बाहर आती है, तब तक सारा वजूद जलकर राख हो चुका होता है... तब किया गया पश्चाताप भी निष्फल होकर रह जाता है। भीतर की आग जब तक जलती रहती है, उसे सारी दुनिया को जलते देखना

सुखद प्रतीत होता है। उस आग का, जलने वाले ईंधन से कोई सरोकार नहीं होता; उस जलती आग में क्या होमा जा रहा है, इसका भी उसे कोई भान नहीं होता है। ये आग का स्वभाव है कि उसे जब तक जलाने को मिलता है, वह जलाती है।

हालात तो तब बदलते हैं, जब आग सब कुछ जलाकर शांत हो जाती है; तब व्यक्ति, आत्मविश्लेषण की ओर प्रवृत्त होता है। युद्ध को समाप्त हुए बहुत समय हो गया था। जली लाशों की दुर्गंध, अब मस्तिष्क से जाती रही थी, परंतु खोने की पीड़ा अब भी शेष थी। जो जीवित बचे थे, उनके लिये ये कठिन समय था। सभी अपनी-अपनी भूमिकाओं को कारण, कार्य और परिणाम के तराजू में तोल रहे थे... इनमें गांधारी, धृतराष्ट्र और पांडुपुत्रों के अलावा द्रौपदी भी शामिल थी, जिसने इस युद्ध मे बहुत कुछ खोया था।

ऊँचे गुंबदों और मीनारों से अपनी विशालता और वैभव की कहानी कहते ये विशाल राजप्रासाद, जहाँ न रोशनी की कमी थी और न किसी भौतिक सुख की; फिर भी कोमल बिस्तर पर लेटी, उद्विग्न गांधारी की चेतना, वर्तमान की भयावहता और स्वधार्य अंधकार को छोड़कर, जीवन के उन सुखद पलों की ओर लौट रही थी, जहाँ उसने अपने सुखमय जीवन की कल्पना की थी, जो उसे कभी मिला ही नहीं।

सुंदर सपने और कल्पनाएँ, उम्र को पंख की तरह हल्का कर हवा में उड़ा देती हैं; मैंने यह तब जाना, जब मेरे युवा होने पर माताश्री ने, पिताश्री से मेरे विवाह की बात छेड़ी थी। उस समय मैंने दर्पण में अपने सौन्दर्य को निहारा था। बड़ी-बड़ी आँखें, मोहक छवि, दूध सी देह। सचमुच, काम-प्रिया के समान शोभन, मोहन रूप। मन ऐसी ही अनेक अनुभूतियों में डूब गया था, जिसका वर्णन शब्दों से परे था। गर्व और संकोच की मिश्रित कल्पनाओं से मेरा मुख कैसे लाल हो गया था। भ्राता शकुनि भी बहुत प्रसन्न थे और वर तलाशने को तत्पर थे। ऐसे में मेरा एक अंधे के साथ बलपूर्वक विवाह, मुझ पर किसी वज्रपात से कम नहीं था। उस उम्र को राजपाट और वैभव से कहीं अधिक, एक पूर्णपौरुष की आवश्यकता होती है और सौन्दर्य को एक ऐसी प्रेमातुर दृष्टि की, जो समुद्र की तरह अपने में सब समेटने और यौवन को परिपूर्ण करने की सामर्थ्य रखती हो।

किंतु उन्हें तो अंधत्व को सहारा और राज्य के लिए उत्तराधिकारी चाहिये था। परंतु मेरे प्रतिशोध ने उस अंधत्व को दुगना कर दिया था और उत्तराधिकारी भी ऐसा जन्मा, जो समस्त कुरुवंश के पतन का कारण बना। कभी-कभी धर्म और धारणाएँ भी गलत को छुपाने में सहायक हो जाती हैं... तभी तो सही दिशा नहीं सूझती; जीवन, कोरे भ्रम में गुजर जाता है।

मैंने अपने प्रतिभासंपन्न और कूटनीति के ज्ञाता, भ्राता शकुनि की आँखों में वो आग देखी थी, जो समूचे कौरववंश को जलाने को तत्पर थी; परंतु उसमें उतनी सामर्थ्य नहीं थी कि जला पाती। शायद इसी अक्षमता ने उसे अधिक महत्त्वाकांक्षी और क्रूर बना दिया था। प्रतिशोध किसे नष्ट करेगा, ये तो हालात पर निर्भर करता है; मगर वो प्रयत्न करने से नहीं चूकता, यह तय है। उसका निशाना, अंधे के धनुष से निकले तीर की तरह होता है और परिणाम सदैव अनिश्चित। जब भ्राता शकुनि ने मेरे द्वारा अपनी आँखों पर पट्टी बाँधने और आजीवन अंधत्व को स्वीकारने के प्रण के बारे में सुना, तो उन्होंने आकर पूछा था,

''बहिन! ये तो दुनिया भर के सौन्दर्य की अवहेलना है और भावी पीढ़ी के साथ अन्याय; तुम्हारे बच्चे, मातृत्व के उस मार्गदर्शन से वंचित रह जायेंगे, जो जीवन को वास्तविक दिशाबोध कराते हैं; क्या तुम इन्हें इस अपराध के लिए क्षमा नहीं कर सकती?''

''कदापि नहीं!'' मैंने आवेश में कहा था।

''इसके परिणाम जानती हो?'' भ्राता ने मुझे चेताया था, परंतु मैं आवेश में कुछ सोचना-समझना ही नहीं चाहती थी।

''मुझे कुछ भी नहीं जानना; जिन्होंने मेरे जीवन की उज्ज्वलता को कालिख से ढक दिया हो, उन्हें तो कदापि नहीं।'' मैंने बड़ी कठोरता से कहा था। मेरी दृढ़ता ने उन्हें मौन तो कर दिया था, परंतु मेरी पीड़ा ने उनके मन में दबी प्रतिशोध की चिंगारी को ऐसी हवा दी, कि वह कभी बुझी ही नहीं। काश! मैं कौरववंश को अपने सपनों की हत्या के लिए क्षमा कर पाती, तो शायद ये विनाश नहीं होता। मुझे अपने दांपत्य में खुश देख, उनके मन की पीड़ा भी एक दिन शांत हो ही जाती। काश! मैं महाराज धृतराष्ट्र की आँखें

बन पाती... तो ये कुरुवंश, पराभव के अंधकार में न डूबता।

क्रोध में लिए गए निर्णय विवेक से रहित होते हैं और उम्र भर के दुःख के कारण बन जाते हैं। मैंने हालात से समझौता कर, सुखी राजसी जीवन जीने का अवसर ठुकरा दिया था और अन्याय के विरोध-स्वरूप आँखों पर पट्टी बाँध ली थी, जो बाद में पातिव्रत धर्म का आदर्श बन गया, और मैं उसी आदर्श से बँधकर रह गई थी। दुनिया यही तो करती है, और सत्ताएँ अपने अनुरूप इतिहास रचती हैं।

कई बार ऐसे मौके आये और मन भी किया कि ये पट्टी खोल दूँ और उस बीज को ढूँढ़कर नष्ट कर दूँ, जिसके फल, नफरत के जहर से भरे हुए होंगे; लेकिन चाहकर भी ऐसा नहीं कर पाई। भीतर की आग कभी पूर्णतः शीतल हुई ही नहीं, और न मैं कभी लोक निंदा के भय से मुक्त हो सकी! तीर, धनुष से छूट चुका था। कभी-कभी सोचतीं हूँ कि मैं न अच्छी पत्नी बन सकी और न ही अच्छी माँ; वरना यूँ संस्कारहीन होकर हमारे सौ पुत्र न मरते। क्या वास्तव में प्रतिशोध इतना भयानक होता है? क्या इससे उबरना असंभव है? अब ये प्रश्न क्यों और किससे... जब परिणाम स्वयं उत्तर हैं। आत्ममंथन की अनुभूतियाँ भी कमाल की होती हैं। दूध और पानी को बड़ी आसानी से अलगकर सारे छद्म-आवरण उतार देती है।

काश! हमने उस वक्त आत्म-बलिदान का मार्ग चुना होता और पितामह से युद्ध में वीरगति को प्राप्त हो गए होते; मगर राजपरिवार तो स्वार्थ और कर्तव्य के दो पाटों के बीच पिसता है। यही सत्य है। कभी असुरक्षा से उपजे षड्यंत्र उसके पतन का कारण बन जाते हैं तो कभी किसी व्यक्ति की महत्त्वाकांक्षा उसे ले डूबती है। सत्ता-भोग-विलास का साधन तो बन सकती है, परंतु सुख और शांति का कभी नहीं, ये मुझसे ज्यादा और कौन समझ सकता है।

प्रेम से सिंचित, नम और नर्म भूमि पर जमे पौधों के फल भी रसीले और मीठे होते हैं, परंतु क्रोध और प्रतिशोध की आग से झुलसी भूमि से अगर महत्त्वाकांक्षायें की लोभी और दंभी संतानें पैदा हो जायें तो इसमें संदेह क्या है।

कमियाँ, मौन हों या मुखर; मन में महत्त्वाकांक्षा के बीज तो बो ही देती हैं और यदि ये अंधत्व को प्राप्त हो जायें तो विवेकहीन भी बना देती हैं। साधन जब तक नियंत्रित है, उपयोगी है; मगर जब संतान, साधन हो जाये तो वह नियंत्रित होकर भी और अनियंत्रित होकर भी नष्ट हो ही जाती है। जब महाराज कभी सही निर्णय न ले सके, तो मैं कौन होती थी सही-गलत का फैसला करने वाली? मैंने ये अधिकार तो पट्टी बाँधने के साथ ही खो दिया था। सचमुच, औरत का केवल औरत होना कितना विध्वंसक होता है। मैंने भी तो सारे निर्णय केवल औरत बनकर ही लिये थे; माँ और पत्नी बनकर तो कभी सोच ही नहीं पाई। मेरे पुत्र, महाराज के भी पुत्र थे... या शायद उनके पुत्र मेरे पुत्रों से कहीं अधिक थे, इसीलिये मैं एक भी न बचा पाई; सब-के-सब एक-एक कर महत्त्वाकांक्षा की अग्नि में भस्म हो गये। मैं दोष किसे दूँ, जबकि मैं खुद भी उतनी ही दोषी हूँ, जितने कि और।

अस्थिर बहाव वाली नदी में, डोलती नाव के सवार, कभी सुख-शांति प्राप्त नहीं कर सकते, यही सच है और मैं भी कुछ इसी तरह के आंतरिक द्वंद्वों में घिरी एक डगमगाती नाव में सवार रही; मेरे जीवन में कभी ऐसे किनारे आए ही नहीं, जहाँ मैं अपने मन से जी पाती... हमारे रिश्ते की मिट्टी को वो अनुकूलता कभी मिली ही नहीं, जिसमें प्रेम के बीज अंकुरित हो पाते। फिर भी जितना कर सकती थी, मैंने किया... मोह से भला कौन मुक्त हो सकता है।

वैचारिक-जड़ता, जीवन की गति को रोक देती है और यहाँ हस्तिनापुर में आकर मैंने यही देखा। अपने ही द्वारा खींचे गए घेरों में विवेक, बेबस दिखा और शक्ति, पराधीन। भूतकाल, वर्तमान को संकीर्ण बनाता रहा और दंभ ने वो उमंग छीन ली, जिसे देखकर जीने का मन करता है। मैं भी उसी तरह की जड़ता ओढ़कर सुख का अनुभव कर रही थी।

महाराज के जन्मजात अंधत्व पर मेरा यूँ आँखें मूँद लेना, कहीं-न-कहीं अपनी ही इच्छाओं का दमन था, परंतु मैंने इसे ही स्वीकार किया। महाराज से हमारा जुड़ाव, दैहिक और सहानुभूतिजन्य ही अधिक रहा। जीवन में सदैव घृणा और हीनताबोध की उपस्थिति बनी ही रही, इसीलिए अनुभूतियों में भी स्पर्श से अधिक कुछ आ ही नहीं पाया। संतानें भी पैदा

होकर मातृत्व का अनुभव तो कराती रहीं, मगर उनका पलना-बढ़ना मैं न देख सकी। ऐसा भी नहीं है कि मन न किया हो; किया था। मैं भी औरों की तरह ही माँ थी, परंतु उस पर एक औरत का दंभीय हट भारी पड़ा, जिसे मैंने भी औरों की तरह प्रण का आवरण ओढ़ा रखा था।

जब हम स्वयं को भीतर से बंद कर लेते हैं, तो पुरानी यादें कुछ अधिक ही यातनाएँ देती हैं। कभी जो नेत्रों से देखा था, वो सब भीतर ही घुटकर रह गया और जिसे देखकर नेत्र बंद किये थे, वो पीड़ा से परिपूर्ण था। मेरा जीवन एक द्वंद्व बनकर रह गया था। स्वयं की भावनाओं को कुचलकर जीने को दुनिया आदर्श मान लेती है। जिस पर धर्म की मुहर लगी हो और लोकनिंदा का भय समक्ष खड़ा हो, उस लीक को तोड़ना बड़ा ही कठिन हो जाता है। वास्तव में यही एक स्त्री की नियति है, जिसे मैंने पूर्णतः स्वीकार कर लिया था।

विकल्पहीनता और समय के साथ, क्रोध की तीव्रता कुछ कम हुई तो जीवन आसान हो गया था; या यूँ कहें कि अंधकार ही जीवनचर्या में समाहित हो गया था, तो भी असत्य नहीं होगा। मेरी बढ़ती उदासीनता ने मेरे भीतर गजब का आत्मबल भर दिया था, जिसमें तटस्थता और विरक्ति दोनों ही थीं। नेत्रों पर बँधी पट्टी ने मेरी पीड़ा को भीतर ही थामे रखा। एक तरह से ये भी मेरी जीत ही थी। मेरा थोड़ा मौन भी राजपरिवार को आत्मग्लानि के गर्त में ढकेलने में समर्थ था। मुझे इसमें खुशी मिलती थी।

ययाति हों या चित्रांगद या फिर विचित्रवीर्य, राजप्रासाद के कार्यकलापों को कौन नहीं जानता। आदमी की प्रवृत्तियाँ कभी नहीं बदलतीं। वासना हो या महत्त्वाकांक्षा... एक ओर विकास और सृजन की नींव रखती है तो दूसरी ओर उसके पतन के बीज भी बो देती है। स्वार्थ और सत्ता, सिर्फ दूसरों से त्याग चाहते हैं और स्वयं भोग करते हैं। मैं भी इसी शृंखला का एक मोहरा थी, जो बिना किसी अपेक्षा के प्रस्तुत थी।

स्मृतियाँ भी कमाल की चीज होतीं हैं; जब ये आती हैं तो मनःस्थिति बदल देती हैं; इनका क्षणिक प्रभाव इतना तीव्र होता है कि कुछ भी नहीं टिकता। जब गांधार की स्मृतियाँ झकझोरती हैं, तो कुरुवंश से घृणा होने लगती है और जब हस्तिनापुर के बारे में सोचती हूँ, तो मेरे जन्म दिये सुत,

सुखद-भविष्य प्रतीत होते हैं। स्वार्थ, पात्र-कुपात्र नहीं देखता और मोह स्वयं ही प्रेम के सारे रास्ते बंद कर देता है।

जब मैं विवाह के बाद पहली बार आर्यपुत्र से मिली थी तो उन्होंने कहा था,

''प्रिये, मैं क्षमायाचना के द्वारा तुम्हारी पीड़ा तो कम नहीं कर सकता, परंतु हो सके तो कुरुवंश को इस अपराध के लिए क्षमा कर देना; ये तुम्हारे नेत्रों पर बँधी पट्टी, कुरुवंश के सामर्थ्य का सार्वजनिक उपहास है। काश! मैं इसे खोलने की सामर्थ्य रखता... फिर भी इतना आग्रह तो कर ही सकता हूँ कि इसे खोल दो प्रिये और मेरी आँखें बन जाओ।''

''नहीं आर्य, अब ये संभव नहीं है; प्रण, तोड़ने के लिये नहीं लिये जाते... ये प्रण, मरी हुई भावनाओं पर उगे पाषाण की तरह होते हैं, जो समय के साथ और सख्त हो जाते हैं; हम सभी की यही नियति है... अब हमारे लिए तो स्पर्श और श्रवण ही एक दूसरे को महसूसने और अभिव्यक्ति के साधन होंगे।'' मैंने कहा। सुनकर उन्होंने कहा था,

''ये कुरुवंश का दुर्भाग्य ही है और इतिहास भी, कि यहाँ सुख कभी पूर्ण होकर नहीं आया; किसी न किसी को बलिदान देना ही पड़ा है... इसे एक अंधा क्या बदलने की सामर्थ्य रखेगा; इसका स्वीकार्य ही हमारी नियति है।'' कहकर, आर्यपुत्र ने मेरे हाथ थाम लिये थे। उन्होंने मेरी पीड़ा को समझा था या शायद अंधत्व की बेबसी को वो मुझसे बेहतर समझते थे।

''आर्य! निराश न हों; मैं अंतिम श्वास तक आपकी सेवा करूँगी।'' कहकर मैंने उनके चरणों पर हाथ रख दिये तो वो हँस पड़े और बोले,

''प्रिये, मुझे तुम्हारे नेत्र चाहिये थे, जो भाग्य ने मुझे नहीं दिये; एक अंधा, सहानुभूति के अतिरिक्त दूसरे अंधे को और दे ही क्या सकता है!'' वो हाथों से मेरे सौन्दर्य को महसूस रहे थे। समय कुछ और ही सिरज रहा था।

आर्यपुत्र की अपंगता ने एक बार फिर उनके अधिकार, पांडु को दे दिये थे। उनका बढ़ता हीनताबोध अब महत्त्वाकांक्षी होने लगा था, जो महाराज पांडु के कुरु-राज्य की सीमा के विस्तार के साथ-साथ निरंतर बढ़

रहा था। परंतु समय कब अपनी चाल बदल दे, ये तो विधाता के अतिरिक्त कोई नहीं जान पाता। पाप जाने में हो या अनजाने में, सामने आकर खड़ा हो ही जाता है। ऐसा ही एक कर्म, महाराज पांडु के सामने शाप के रूप में आ खड़ा हुआ और मानवीय कमजोरियाँ, उनकी प्राणहंता हो गईं। विकल्पहीनता ने आर्य पुत्र को सिंहासन तो दिला दिया, मगर वो संतोष न दिला सकी, जो उन्हें उनके हीनताबोध से मुक्ति दिला सकती। युधिष्ठिर के जन्म के बाद उनके लिए धैर्य की डोर थामना बहुत मुश्किल हो गया था।

विधाता के खेल निराले हैं। मेरे पुत्र हुआ तब विदुर ने कहा था कि ये कुग्रहों में जन्मा है, कुलघाती होगा। उस वक्त मुझे क्रोध आया था, मगर सच तो सच ही है। तब हालात कुछ और ही थे और दुर्योधन हमारी महत्त्वाकांक्षाओं का केन्द्र था। आज जब उस घटना का स्मरण हो आता है, तो लगता है कि हमारे पुत्र केवल हमारी अंधी महत्त्वाकांक्षा की पूर्ति हेतु साधन भर थे। वे उसी के अनुरूप ढले थे और हम सभी ने उन्हें इसी रूप में ढाला था।

कुरुवंश में कोई अच्छे ग्रहों में जन्म लेने वाला ऐसा नहीं था, जो इस विनाशलीला को रोक लेता... परंतु कोई नहीं रोक पाया, क्योंकि इसके लिए पीढ़ियाँ जवाबदेह थीं; कुछ कामी और लोभी थे, तो कुछ अहंकारी। वास्तविकता को तो किसी ने समझा ही नहीं; धर्म के मनमाने मानदंड गढ़ते रहे और त्याग के नाम पर सत्य को छलते रहे। कुरुवंश ने अपने पतन का मार्ग स्वयं प्रशस्त किया था।

कमियों और हीनताबोध ने हमें किसी से प्रेम करने ही नहीं दिया। प्रेम तो जीवन का मार्ग प्रशस्त करता है और लोभ एवं मोह, स्वयं के अतिरिक्त किसी को कुछ देने या सोचने ही नहीं देता, वरना सिंहासन के अधिकार, पुत्र मोह में इतने कमजोर न हुए होते। महाराज का एक सही निर्णय... एक आदेश, कुरुवंश की दिशा और दशा दोनों ही बदल देता, मगर ये न हो सका। मैं भी तो कहीं न कहीं उन्हीं फैसलों की सहभागी रही। मौन भी तो एक प्रकार की सहमति ही है या फिर उपेक्षा। आँखों की पट्टी, दायित्यों से मुख मोड़ने का साधन नहीं थी, बल्कि मेरे प्रतिशोध के लिये थी। हमने अपने आत्म को कभी टटोला ही नहीं और न उसकी आवाज सुनी। कारण

कुछ भी रहे हों परंतु, भीष्म जैसे योद्धा के साथ होने पर भी महाराज के अधिकार, पौरुषहीन ही रहे। एक दिन महाराज ने ये स्वयं ही कहा था,

''प्रिये! मेरे आदेश, सत्य और धर्म देखते हैं, तो मेरे प्रिय पुत्र दुर्योधन के साथ भी वही अन्याय होगा, जो नेत्र न होने पर मेरे साथ हुआ था; फिर भी मैं प्रयत्न करूँगा कि धर्म की राह पर चल सकूँ और लोकनिंदा का भागी न बनूँ।'' उन्हें इससे भी अधिक, विवेक और दूरदर्शिता दिखानी थी, मगर हमारे नेत्र तो बंद थे ही, विवेक ने भी आँखें बंद कर ली थीं।

जब परिणाम सामने हों तो सही-गलत का फैसला करना कितना सहज हो जाता है, परंतु कुछ बदलता नहीं है; यथार्थ को स्वीकार करने के बाद भी नहीं। उस समय तो हम कुछ और ही देख रहे थे।

बढ़ते पुत्रों में हमें वो आशा नजर आने लगी थी, जो आर्यपुत्र के अधिकारों को स्थायित्व दिला सकती थी। भ्राता शकुनि भी हस्तिनापुर में रहने आ गये थे। कुरुवंश के प्रति उनकी घृणा, अब सिंहासन के लोभ में परिवर्तित हो गई थी। प्रतिशोध भी दो तरह का होता है; एक दुश्मन का विनाश या दूसरा स्वयं के अधिपत्य की स्थापना और ये केवल दुर्योधन के सिंहासन पर बैठने से ही संभव था। व्यक्तिगत प्रतिद्वंद्विता, बढ़ते-बढ़ते कौरवों और पांडुपुत्रों के बीच खुलकर सामने आने लगी थी। जब पांडवों को छल से मारने के सारे प्रयास विफल हो गए तो शकुनि के षड्यंत्र और बढ़ने लगे... मगर पाँच पांडुपुत्र, सौ कौरवों पर भारी पड़े।

हमारे अंधत्व और पुत्रमोह ने दुर्योधन को उद्दंड और दंभ से परिपूर्ण कर दिया था; उस पर भ्राता शकुनि की कुटिल दृष्टि उसे किस रूप में ढाल रही थी, ये हम समझ तो रहे थे, परंतु उसे रोकना हमरे अधिकार में नहीं रहा था... उसके घृणित कुकर्मों को 'बाल चेष्टा' कहकर क्षमा करना और क्या था? पुत्र-मोह और महत्त्वाकांक्षा ने राजधर्म को स्वार्थ-सिद्धि का साधन बना दिया था।

भीम, जब विषपान के बाद भी जीवित बचकर लौट आया और उसने सारा घटनाक्रम बताया, तब महाराज ने आकर मुझसे कहा था,

''कल को मुझसे आकर कुंती कहेगी कि महाराज न्याय कीजिये, तो मैं

क्या कहूँगा गांधारी? क्या मैं न्याय कर सकूँगा?'' सुनकर मैं मौन रह गई थी। सचमुच, दुविधा बड़ी दुःखदायी होती है। धर्म की ओट में अधर्म करना कितना कुटिल और घृणास्पद कार्य होता है, जो कभी सुख से नहीं रहने देता। मैं भी पुत्र मोह से कहाँ बच पाई थी। काश! उसी समय न्याय हो गया होता तो शायद... मगर न्याय तो कभी हुआ ही नहीं; वो धर्म ही था, जो पांडवों को हर बार बचा लेता था। दुनिया में अत्याचार को सहायक मिल जाते हैं, तो न्याय के पक्ष में भी कोई आ खड़ा हो सकता है, ये तो किसी ने सोचा ही नहीं था। सिंहासन के लिये दिये गये तर्क, सत्य हों या कुतर्क, ये महत्त्वपूर्ण होते ही नहीं हैं; ये तो पक्ष और विपक्ष में रखे गये मत मात्र हैं; इन्हें मानना और नकारना सदैव शक्ति के हाथ में रहा है। युधिष्ठिर का युवराज बनना हमारे लिये किसी वज्रपात से कम नहीं था। शकुनि की क्रोधाग्नि पुनः जाग गई थी; पितामह के प्रति आक्रोश ने उसे फिर वहीं ला खड़ा कर दिया था। उसने कहा भी था,

"बहिन, महाराज मजबूर हो सकते हैं, परंतु मैं नहीं; कुरुवंश को अपने किये का मूल्य चुकाना ही पड़ेगा।'' मैं क्या कहती। जब बुद्धि और मन, दो अलग-अलग दिशाओं में जाएँ तो मौन ही उत्तम विकल्प है... तब और अधिक, जब जो हो रहा है वो पक्ष में उम्मीद की आस जगाता हो।

ये तो सारी सृष्टि जानती है कि सिंहासन का मोह कितना प्रबल होता है। पांडव, लाक्षागृह में भस्म हो गये थे, ये सुनकर मैं और महाराज खुश थे या दुःखी, ये कभी तय ही नहीं कर पाए, परंतु दुर्योधन का युवराज बनना अवश्य ही हर्ष-कारक था।

कुरुवंश का एक भाग, काल का ग्रास बन गया था, इसीलिए सब दुःखी थे। पितामह को तड़पता देखना हमारे लिये सुखद अनुभूति थी... शायद यही मेरा और भ्राता शकुनि का प्रतिशोध था। हाँ, कभी-कभी मन ग्लानि से अवश्य भर जाता था। सिंहासन, मनुष्य को कितना पतित बना देता है ये प्रत्यक्ष था; परंतु ये अनुभूति क्षणिक ही होती थी।

कुछ समय और बीत गया था। कहीं कोई संघर्ष नहीं था। जिनके हृदय पीड़ा महसूस रहे थे, वे विकल्पहीन होकर मौन थे। हालात से उपजे समस्त दुःख उनके भीतर ही घुटकर रह गए थे। हमारी दुनिया इतनी औपचारिक

होती जा रही थी कि भावनाओं का प्रदर्शन भी सीमाओं में बँधा था। दुर्योधन अब बिल्कुल निरंकुश हो गया था; उसे देखकर तो कभी-कभी मुझे भी चिंता होने लगती थी... फिर ये सोचकर संतोष भी कर लेती थी कि वह निन्यानबे बलशाली भाइयों का ज्येष्ठ है और सिंहासन को पितामह का संरक्षण प्राप्त है। असुरक्षा को भयभीत होने में देर ही कितनी लगती है।

भाग्य के लिखे को मिटाने की चेष्टा विफल ही होती है। पांडव पुनः और सशक्त होकर सकुशल, द्रौपदी के साथ सामने खड़े थे। महाराज के सिंहासन के पाये फिर अस्थिर प्रतीत होने लगे थे, मगर इस बार हालात कुछ और ही थे। दुर्योधन, पद छोड़ने को तैयार ही नहीं था। सत्ता तो शक्ति की दासी होती है और त्याग, धर्म का आधार। एक तरफ अंधी महत्त्वाकांक्षा और शक्ति थी, तो दूसरी तरफ शक्ति और त्याग... यही वजह रही थी बँटवारे की। मगर खुशी इसी बात की थी कि खांडवप्रस्थ की बंजर भूमि पांडुपुत्रों को मिली थी और हस्तिनापुर, दुर्योधन की राजधानी बना।

सभी हर्षित थे कि पांडुपुत्र फिर छले गये हैं; जिनमें कर्ण भी शामिल था। उपेक्षा और अपमान का दंश झेल रहे कर्ण के लिये दुर्योधन की मित्रता, उसकी प्रतिभा को राजपरिवार के समक्ष स्थान देना ही था, जिसने दुर्योधन के पक्ष में एक ऐसा महारथी योद्धा खड़ा कर दिया था, जो अर्जुन के बाणों को चुनौती दे सकता था। कर्ण की कृतज्ञता ने उसे विवेक-रहित कर दिया हो, ऐसा नहीं था; फिर भी अधर्म का साथ, उसके अंतर्विरोध और प्रतिशोध का परिणाम ही था।

ये सभी जानते थे कि छल-कपट, पांडवों को परेशानियों में तो डाल सकता है, मगर तोड़ नहीं सकता। वे सभी वीरता और पौरुष से परिपूर्ण हैं, इसमें किसी को संदेह नहीं था; ये तो उसी वक्त साबित हो गया था जब अर्जुन के बाणों और भीम की गदा ने द्रुपद नरेश का मान भंग किया था। कपट, क्षणिक जीत तो दिला सकता है, मगर वो विजयी उल्लास नहीं दे सकता, जो रण में जीतने पर होता है।

पांडवों के दो सबल पक्ष थे... एक उनका धर्म और दूसरा श्रीकृष्ण का साथ; जिसके सहारे एक बार फिर पांडवों ने इन्द्रप्रस्थ को भव्य राजधानी बनाकर अपनी श्रेष्ठता सिद्ध कर दी थी और फिर अश्वमेध यज्ञ... कौरवों के

लिये ये क्षण ईर्ष्या से भरे हुए थे। द्वेष वो विष है, जो दूसरों को सुखी देखकर स्वयं धारक के सुख-चैन को ही जला डालता है। हमारी महत्त्वाकांक्षा, संपूर्ण कुरुवंश को भीतर-ही-भीतर सुलगा रही थी और भ्राता शकुनि उस अग्नि में कूटनीति के नाम पर अपना आक्रोश होम रहे थे।

राज्यादर्श और सिंहासन, शक्ति के साथ उत्तरदायित्व भी देता है, मगर महाराज न उत्तरदायित्व निभा सके और न सामर्थ्य का उपयोग कर सके; मैं भी उन्हीं के साथ थी... जो हो रहा था, उसे किसी ने नहीं रोका और जो रोकना चाहते थे, वे प्रतिज्ञाओं और उपकारों के ऋण से बँधे थे।

इन्द्रप्रस्थ में जो हुआ, वो भी नहीं होना चाहिये था। दंभ का अपमान भी बहुत शीघ्र होता है। द्रौपदी का कटाक्ष, दुर्योधन के अहंकार पर भारी पड़ा। वह प्रतिशोध के लिये छटपटा रहा था और उसे वो अवसर, क्षत्रियता के अहं ने ही दे दिया था। शकुनि की कुटिलता सचमुच बहुत प्रभावी थी।

जड़ता किसी की भी हो, हानि तो करती ही है। एक ओर स्वार्थ था, तो दूसरी तरफ धर्म के नाम पर कुछ और जड़ताएँ थीं, जो दुर्योधन के लिए पांडवों के कमजोर-पक्ष थे, जहाँ वह निरंतर चोट कर रहा था। उनकी सामर्थ्य, उन्हीं के बनाए घेरों में बंदी थी। द्यूतक्रीड़ा का परिणाम तो सभी जानते थे, मगर किसी के प्रयास में इतनी सामर्थ्य नहीं थी कि इस कुटिल उपक्रम को रोका जा सकता। प्रयास तो मैंने भी नहीं किया और क्यों करती? भीष्म पितामह ने जो किया, क्या वो सही था? उन्होंने बल से छीना था और मेरे पुत्र, छल से पाने का प्रयत्न कर रहे थे।

जो होना था वही हुआ; युधिष्ठिर ने सब कुछ हारने के बाद भाईयों और स्वयं को दाँव पर लगाया; फिर द्रौपदी को और उसे भी हार गए। राजसभा मौन रहकर तमाशा देख रही थी। सभी बेबस थे और सिंहासन अंधा। प्रतिशोध, साकार हो, दुःशासन के रूप में खड़ा था, जिसके हाथों में पांचाली के केश थे। दुर्योधन के ये शब्द अब भी मेरे कानों में गूँज रहे हैं, 'इस द्रौपदी को नंगा कर मेरी जाँघ पर बिठा दो।' और फिर भीषण अट्टहास... तत्पश्चात कर्णादि के, एक नारी के मान के विरुद्ध क्रूर वचन। मैं तब भी मौन थी, मगर मन विचलित था। पांचाली का रुदन, याचना, तर्क-वितर्क, मुझे सब याद हैं। अगर श्रीकृष्ण ये चमत्कार न दिखाते तो ...

वे तो हैं ही धर्म और सत्य के रक्षक। मैंने बहुत देर बाद प्रयास किया था... शायद ये मेरा भय था कि कहीं मेरे पुत्रों का अनिष्ट न हो जाये। उस वक्त तो नहीं हुआ; मगर कर्मों का फल तो समस्त कुरुवंश ने भोगा ही।

''विनाशकाले विपरीत बुद्धि।'' श्रीकृष्ण के इन शब्दों ने युद्ध को टालने के समस्त द्वार बंद कर दिये थे। बंद तो दुर्योधन ने किये थे; उनका तो अंतिम अवसर था, जो व्यर्थ गया था। युद्ध के लिये दोनों पक्ष सज्ज थे और पूरे दल-बल से सज्ज थे। पांडवों के साथ श्रीकृष्ण का होना मुझे खटक रहा था, मगर दंभ में दुर्योधन न समझ सका। समस्त धर्मों और कर्मों के अब सही-गलत होने का निर्णय होना था और कुछ भार होती देहों की मुक्ति का मार्ग प्रशस्त। सिंहासन, अब रक्त की माँग कर रहा था और शांति, युद्ध की।

समय के गर्भ में क्या छिपा है ये तो कोई नहीं जानता, परंतु अनुमान तो हो ही जाता है। उस दिन महाराज भी कुछ ऐसी ही दुविधा से व्यथित होकर कहने लगे थे,

''प्रिय गांधारी! इस युद्ध का परिणाम कुछ भी हो, मूल्य तो कुरुवंश ही चुकायेगा; किंतु हम दुर्योधन के जीतने की कामना तो कर ही सकते हैं क्योंकि उसके साथ भीष्म, द्रोण, कर्ण आदि कई महारथी योद्धा हैं और उस ओर तो केवल कृष्ण हैं।''

''माता-पिता होने के नाते हमें ये कामना करनी भी चाहिये; परंतु युद्ध न हो, ये कामना भी हमें ही करनी चाहिये, क्योंकि धर्म और श्रीकृष्ण जिस ओर हों, उसकी पराजय बहुत दुष्कर कार्य है।'' मैंने भी सत्य कह ही दिया था, जिसे सुनकर महाराज उदास हो गए थे। तब मैंने उन्हें समझाया था।

''नारी का संबंध, पुरुष के चरित्र से जुड़ा होता है, परंतु वही, दृढ़ता के अभाव में व्यक्ति की चरित्रहीनता एवं नैतिकपतन का कारण भी बन जाती है। चरित्रहीनता, भविष्य और भावी पीढ़ी के लिए न तो आदर्श रख पाती है और न उसे धर्मवान और संस्कारित कर पाती है; शायद आप को स्मरण हो... इस कुल को इसके ही कारण कई शाप लगे हैं, जैसे 'नहुष के पुत्र कभी सुखी नहीं रहेंगे।' कुरुवंश की पौरुषहीनता की जड़ों में भोगलिप्सा और स्वार्थ ही नजर आता है, जिसने कुलकीर्ति और नयी पीढ़ी को सदैव ही

अंधकार का मार्ग सुझाया है।

भीष्म की आजीवन ब्रह्मचर्य की प्रतिज्ञा ने त्याग के साथ-साथ इस तरह की कुंठा और लालसा को भी सहयोग प्रदान किया था। योग्य की अवहेलना और अयोग्य के अधिकार, दोनों ही पतन के कारण बनते हैं। ऐसे धर्म का क्या फायदा, जो सत्य के प्रति नेत्र बंद करने पर बाध्य कर दे। केवल भीष्म कहलाने का लोभ और लोकयश के लिए, देवव्रत ने भीष्म बनकर एक प्रतिज्ञा का भार, जीवन-भर ढोया। वो कुरुवंश को एक दिशा दे सकते थे, परंतु न दे सके। झूठ के अहंकार से सत्य का अहंकार ज्यादा घातक होता है... ये झुकता नहीं है; पिंजरे के पंक्षी की तरह सब देखता है, मगर कर कुछ नहीं सकता... घुटन ही उसकी नियति होती है।

''लंपटों और अपंगों के लिये बलपूर्वक, नारियों का हरण, सामर्थ्य-प्रदर्शन के लिए तो ठीक है, परंतु धर्म कैसे हो सकता है? अपने लिये वर चुनना तो नारी का अधिकार है और किसी के अधिकारों का हनन, धर्म तो कदापि नहीं हो सकता था महाराज!'' सुनकर धृतराष्ट्र मौन थे। गांधारी के आक्रोश-जनित तर्क अकाट्य थे। वो एक ऐसी माँ थी, जिसके पुत्र, पराभव के मार्ग पर चल निकले थे और जिन्हें रोकना अब संभव नहीं था।

जीवन को दिशा देने के लिये व्यक्ति के कर्म जितने महत्त्वपूर्ण होते हैं, उतनी ही उसकी सोच। जहाँ सकारात्मकता, उन्नति के नये मार्ग खोल देती है, वहीं नकारात्मकता, प्रतिशोध और असुरक्षा की भावना बनकर, सुख-चैन सब कुछ छीन लेती है। मैं भी तो ऐसी ही नकारात्मकता में अब तक जीती आई हूँ; मगर मुझे ये ज्ञात नहीं था कि युद्धभूमि में खड़े होकर श्रीकृष्ण, अर्जुन को जो ज्ञान देंगे, वो मेरे मन पर छाये इस नकारात्मकता के घने मेघों को दूर उड़ा देगा।

संजय, वेदव्यास से दिव्य-दृष्टि प्राप्त कर, महाराज को युद्धभूमि का सारा हाल सुना रहे थे; मैं भी वहीं बैठी सब सुन रही थी। मोह-लोभ तो सभी को हो जाता है, परंतु उससे मुक्ति उसे ही मिलती है, जो चाहता है; ईश्वर की कृपा ऐसे ही किसी पर नहीं हो जाती। उस समय यही लगा था कि सब कर्मों से ही मिलता है और कर्म तो हमें ही तय करने होते हैं; फिर दोष किसे दें? मैंने भी तो एक त्रुटि के बदले एक और त्रुटि कर ली थी... दोष तो मेरा

भी है। अब ये समय पश्चताप का नहीं है; जो हो रहा है, उससे विरक्ति का है।

जिस तरह बाढ़ का पानी देवालयों और वेश्यालयों में भेद नहीं करता, उसी तरह युद्ध के प्रचंड वेग में सभी एक-एक कर बहते जा रहे थे; यहाँ तक कि धर्म और अधर्म भी। कुछ भी शेष नहीं रहा। कुछ ने धर्म की रक्षा में सब कुछ खोया तो किसी ने अधर्म और कुकृत्यों के परिणाम-स्वरूप। शायद बिना युद्ध के शांति संभव ही नहीं थी। विनाश, कहीं-न-कहीं नई शुरूआत की नींव रख ही जाता है।

मनुष्य, समय के कितना अधीन है; वह जो चाहता है वही करा लेता है। प्रतिशोध ने मेरी आँखों पर पट्टी बाँध दी थी; और जब ज्ञान प्राप्त हुआ तो मैंने धर्म का हाथ थाम लिया। विरक्ति दोनों में ही हुई थी, मगर दोनों की विरक्ति में अंतर था; एक ओर शांति का सागर है तो दूसरी ओर धधकती अग्नि। लोभ-मोह मनुष्य को स्वार्थी बना देता है और क्रोध विवेकहीन। अगर नहीं बनाता होता, तो मैं श्रीकृष्ण को कुलनाश का शाप क्यों देती? धर्म तो मनुष्य मात्र के कल्याण के लिये होता है; उसकी आड़ लेकर अपने कुकर्म छुपाना और अन्याय करना सर्वथा अनुचित ही है... जो धर्म तो हो ही नहीं सकता।

श्रीकृष्ण ने जो किया वो गलत तो नहीं था; उन्होंने तो धर्म का साथ दिया था। धर्म का अर्थ, कोरी मानसिक जड़ता नहीं है। भीष्म, द्रोण, कर्ण, दुर्योधन सभी अपने-अपने कर्मों से काल के ग्रास बने; श्रीकृष्ण ने तो धर्म-रक्षार्थ मार्ग सुझाये थे। वे ऐसा न करते तो इतिहास ये लिखता कि युद्धभूमि में पांडव, धर्मयुद्ध लड़ते-लड़ते वीरगति को प्राप्त हो गये। तब भविष्य और मानवता को कौन जवाब देता? द्वारिकाधीश! आपने तो उस धार्मिक जड़ता को तोड़ा था, जिसे प्रतिज्ञाओं के रूप में कुरुवंश ढोते-ढोते नष्ट हो गया और न जाने कितने वंश ऐसे ही विवेक-रहित होकर नष्ट हो गये होंगे।

आपने तो मुझ पतिता के कटु शब्दों को, एक सती के वचनों सा मान देकर उसे स्वीकार किया और ये बताया कि जिसमें मनुष्य-मात्र का कल्याण निहित न हो वो धर्म तो हो ही नहीं सकता; धर्म तो त्याग है, प्रेम है और वे संवेदनाएँ, जो मनुष्य को प्राणि जगत में श्रेष्ठ होने का सम्मान देतीं हैं।

मनुष्य को देवत्व तक ले जाने वाले उसके कर्म ही होते हैं। सब उसी काल के अधीन हैं, जो दिवस और रात्रि बनाता है, सृजन एवं संहार करता है और वही साक्षी भी रहता है... आपके चरणों में कोट-कोटि नमन प्रभु!

हस्तिनापुर में अब भी सब वैसा ही था। सारे महल-दुमहले जस-के-तस खड़े थे, राजप्रासादों का वैभव तनिक भी कम नहीं हुआ था, मगर इनमें रहने वालों के मन, सुख के स्थान पर दुःख, पीड़ा और नैराश्य से भरे थे। कभी-कभी सोचती हूँ कि मैंने नेत्रों पर पट्टी बाँधकर अच्छा ही किया, वरना इन नवयौवनाओं का वैधव्य रूप कैसे देख पाती। इस सन्नाटे को तोड़ने वाली ध्वनियाँ कुंती की होती हैं या फिर उसके पुत्रों की। उन्होंने भी हमारी सेवा में कोई कसर नहीं छोड़ी, परंतु ये पीड़ा तो हमारे भीतर की ही है, जिसे हम भोग रहे हैं। कुन्ती ने तो खूब सम्मान और सहारा दिया। कल महाराज ने कहा था,

"प्रिय गांधारी, अब हमें ये सब छोड़कर वन को प्रस्थान करना चाहिए; अब न उलाहने सहन होते हैं और न उपकार... जीवन के ये अंतिम क्षण, ईश्वर की आराधना मे बीतें यही कामना है।"

"ये तो बहुत उत्तम विचार है; मुझे भी प्रतीत होता है कि वानप्रस्थ के लिए ये उत्तम समय है, कुरुवंश का भविष्य अब सुरक्षित है।" मैंने कहा तो सुनकर उन्होंने काँपते हाथों से मेरे हाथ पकड़ लिये और बोले,

"तुमने जीवन भर मेरा साथ दिया है और हमने सभी सुख-दुःख साथ बाँटे हैं; अब यही कामना करता हूँ, ये साथ जीवन के अंतिम क्षणों तक बना रहे।" कहते हुए उनका गला भर आया था। मैंने उन्हें इतना भावुक कभी नहीं देखा था।

"ये तो ईश्वर की मर्जी है।" मैंने कहा तो कहने लगे,

"आज मैं ही इस कुरुवंश में सभी से ज्येष्ठ हूँ, इसीलिये सोचता हूँ एक बार सभी के लिए श्राद्ध कर, उनकी आत्मा की शांति के लिये प्रार्थना कर सकूँ तो मेरे मन को भी शांति मिलेगी; मैंने युधिष्ठिर से बात की थी, उन्होंने सहमति जताई है, देखो ये सब कब होता है... ये सुख-वैभव अब काटने को दौड़ता है।"

इतने वर्षों में बहुत कुछ बदल गया था। हम वन जाने को तैयार थे। कुंती भी हमारे साथ थी। कुछ मन अब भी आक्रोश से भरे थे, ये जानकर आश्चर्य और दुःख दोनों हुए। पांडुपुत्रों ने कुंती को रोकने का प्रयास किया था; अनुनय-विनय के साथ कुछ प्रश्न और उलाहने भी थे, मगर कुंती अपने फैसले पर दृढ़ संकल्पित थीं... उन्होंने कहा,

"पुत्रों, तुम सुखी रहो; मुझे भी अपने कुछ जाने-अनजाने में हुए गलत कर्मों का प्रायश्चित करना है और अपनी मुक्ति का मार्ग प्रशस्त भी।"

प्रकृति के सान्निध्य में अपूर्व शांति का अनुभव हो रहा था। मन, बालपन की स्मृति से बहुत कुछ महसूसने का प्रयत्न कर रहा था। महाराज भी व्रत उपवास और हरिभजन में लीन थे। कुंती अब भी हमारे नेत्र बनकर सहयोगी बनी थीं। हम सभी इस देह और उससे जुड़े दुःखों, पीड़ाओं से मुक्ति की प्रतीक्षा में थे।

5

राजवैभव से बहुत दूर, अरण्यप्रदेश की रात्रि, नित्य की तरह ही चाँदनी के मद्धिा प्रकाश से प्रकाशमान थी। कहीं दूर से आती हुई हिंसक पशुओं की आवाजें भयावह प्रतीत हो रहीं थीं; मगर जिन्हें जीवन के प्रति मोह ही न रहा हो उनके लिए कैसा भय; मृत्यु तो उनके लिए देह की पीड़ाओं से मुक्ति मात्र है।

ऐसी ही मानसिक अवस्था में गांधारी और धृतराष्ट्र, एक पर्णकुटी में गहन निद्रा में लीन थे। कुंती भी उन्हीं के साथ थीं, मगर निद्रा तो जैसे उनके नेत्रों का मार्ग ही भूल गई थी। उनका मन पीछे लौटकर अतीत की ओर भागा जा रहा था। समय ने दंभ, द्वेष और प्रतिशोध की खाइयों को तो कुरुवंश के रक्त से भर दिया था, परंतु मन की रिक्तता को कोई न भर सका। जीवन की जटिलताएँ और मजबूरियाँ, आज भी कुंती के हृदय में शूल बनकर चुभ रही थीं, परंतु चेतना उन पलों को एक-एक कर पुनः जीवंत कर सामने ला रही थी।

अपराध-बोध कैसा भी हो, जीने नहीं देता; ये बात मादी जानती थी, इसीलिए उसने मुक्ति का मार्ग चुना। उसकी दृढ़ता के आगे मैं कुछ न कर सकी थी; वो नकुल और सहदेव को मेरी गोद में बिठाकर स्वर्ग चली गई

और वहीं से मेरा जीवन एक अंतहीन यात्रा में बदल गया और तभी से मैं इस कठिन मार्ग पर निरंतर चल रही हूँ; कभी कर्तव्यों के लिए, कभी धर्म और कभी मोह के लिए। एक बार अज्ञानता के साथ भी चली थी और मैंने उसके परिणाम भी भोगे हैं।

सभी के जीवनकाल में एक उम्र ऐसी भी होती है, जहाँ जिज्ञासाएँ बलवती हो जाती हैं और दूरदर्शिता क्षीण ही रहती है। उमंग और उत्साह के उसी मौसम में मुझे ऋषि सेवा के फलस्वरूप देवताओं के आवाहन और उनसे संतान प्राप्त करने का वरदान मिला था। संदेह और रोमांच ने मुझे एक अजीब सी उत्सुकता से भर दिया था और ये तब मिटी, जब सूर्यदेव साक्षात मेरे समक्ष प्रस्तुत थे। मैं रोई, क्षमा-याचना की; मगर दिये वरदान कहाँ निष्फल होते हैं... मुझे गर्भाधान करना पड़ा। निश्चित समय पर मैं बिन ब्याही माँ भी बन गई थी। उस समय मैं एक स्त्री, राजकन्या और माँ के रूप में स्वयं को बहुत बेबस महसूस कर रही थी। अब क्या होगा? ये प्रश्न रह-रह कर मन में उठ रहा था; दुनिया, समाज क्या कहेगा? ऐसे ही अनेक प्रश्न, मस्तिष्क में गूँजकर मुझे मृत्युतुल्य पीड़ा दे रहे थे।

लोकनिंदा का भय बड़ा ही प्रचंड होता है। समाज क्या कहेगा, ये सोच-सोच कर मन विचलित हुआ जा रहा था। एक विश्वासपात्र दासी के साथ मैंने अपने हाथों से, अपने ही पुत्र को ये सोचकर नदी की जलधारा में प्रवाहित कर दिया कि कवच-कुंडलों से युक्त इस तेजस्वी पुत्र की रक्षा स्वयं उसके पिता सूर्यदेव करेंगे। उस समय मेरा हृदय हाहाकार कर रहा था, मगर एक माँ मजबूर थी और अनब्याही राजकुमारी भी। लोकरीति से तो सब बँधे होते हैं। मैं मन मारकर रह गई थी। समय ने बहुत कुछ विस्मृत कर दिया था।

समय बड़ा बलशाली होता है; ये मैंने तब जाना, जब मेरा पुत्र...नहीं-नहीं, मेरा पुत्र नहीं... ये अधिकार तो मैंने उसी समय खो दिया था, जब उसका त्याग किया था; ये तो मेरी भूल थी, जो मेरे ही समक्ष साकार होकर, मेरे ही पुत्र अर्जुन की शत्रु बनकर खड़ी थी और मेरी विवशता तो देखो, मैं इस युद्ध को रोकने का प्रयास भी नहीं कर सकती थी। कर्ण को तो उसकी जन्मदात्री ने देखते ही पहचान लिया था, मगर वह न कह सकी और न स्नेह

से भरकर उसके मस्तक को चूम सकी।

इस युद्ध में एक पुत्र तो मेरा भी वीरगति को प्राप्त हुआ था। और समय की ये विडम्बना देखो, उसकी माँ ही उसकी मृत्यु का मार्ग प्रशस्त करने में सहायक बनी थी। क्या एक माँ भी इतनी निष्ठुर और स्वार्थी हो सकती है? शायद हाँ... या फिर यह अर्जुन के प्रति मेरा लगाव और उसके सान्निध्य का प्रभाव था; मेरे समक्ष उसका बचपन और उसकी जवानी थी, जिसे मैंने हर एक पल सभी पुत्रों के साथ महसूस किया था, इसीलिए अर्जुन का पलड़ा भारी था। जन्म देने से कोई माता कहाँ बन जाती है... उसे तो राधा ने पाला था, इसीलिए वो तो राधेय था और उम्र भर वही रहा।

मैंने तो उसके प्रण और उसे जन्म देने का ही अनुचित लाभ उठाया था। अपने पुत्रों के प्राण न लेने का वचन लेने के बाद मैंने उसे कितना समझाया था कि अधर्म का पक्ष छोड़ दे, मगर वो नहीं समझा; अपने मित्र-धर्म से जो बँधा था। दुनिया ने जो उसे दिया, वो वही तो लौटा रहा था; वो भी अपने स्वभाव के विपरीत... स्वभाव से तो वो दानवीर और कृतज्ञ था। उसकी प्रतिभा को सदैव उपेक्षा और अपमान ही मिला। उसने तो निर्दोष होकर भी वो सहा, जिसके लिये दोषी कोई और था। उसे सूतपुत्र तो मैंने ही बनाया था; वो तो सूर्यपुत्र था।

ये उसके अंतर में बसा धर्म ही था, जो वह स्वयं अपनी मृत्यु का मार्ग तैयार कर रहा था। देवराज इन्द्र ने कवच-कुंडल और मैंने उससे अपने पुत्रों के प्राण माँग लिये और उसने उतनी ही सहजता से दे भी दिये थे। मैंने व्यथित होकर उससे पूछा था, ''पुत्र! तुम्हें प्राणों का मोह नहीं है, जो तुमने बिना सोचे समझे ही मुझे वचन दे दिया?''

''नहीं माते, अब प्राणों का मोह नहीं रहाः उपेक्षा, तिरस्कार और खुद से लड़ते-लड़ते तेरा ये अभागा पुत्र थक गया है; प्रेम और सम्मान को तरसती ये आँखें भावशून्य हो गईं हैं और हृदय पाषाण। राधा माँ से दुलार और स्वजाति से सम्मान के अतिरिक्त, मुझे न किसी ने प्रेम किया और न वो सम्मान दिया, जिसकी हकदार मेरी प्रतिभा थी। किसी ने उपकार कर मुझे वचनबद्ध कर लिया तो किसी ने अपमान कर मेरे हृदय में द्वेष के बीज रोप दिये। माँ... मैं भी सुख और सम्मान से जीवन जीना चाहता था; न मुझे राज्य

की कामना थी और न किसी पद की। इन विशाल महलों में रहने वालों की स्वार्थपरता और अहंकार ने मुझे भी उन्हीं की तरह महत्त्वाकांक्षी और स्वार्थी बना दिया है। सफलता और असफलता तो जीवन को देखने और समझने की दो पृथक दृष्टियाँ हैं, जिन्हें भाग्य प्रदान कर देता है; जिससे एक ओर लक्ष्य प्राप्ति के लिये निरंतर संघर्ष दिखाई देता है तो दूसरी ओर उपलब्धियों के स्थायित्व की चिंता... सुख तो दोनों में क्षणिक ही है और फिर स्थाई सुख चाहता भी कौन है।

मैं भी उन्हीं में से एक हूँ, जिसे वही सब चाहिए था, जिससे दुनिया में सम्मान-प्राप्ति का अधिकार मिलता है; राह सही है या गलत, ये सोचने का अवसर तो समय ने कभी दिया ही नहीं।'' कहकर वह मौन हो गया था, मगर उसके चेहरे पर एक मुस्कान उभर आई थी। उसी के समक्ष खड़ी मैं, उस मुस्कान का अर्थ खोज रही थी।

मुझसे, उसके भीतर की पीड़ा देखी नहीं जा रही थी। अगर कहीं समय मुझे एक मौका देता तो मैं सब कुछ त्यागकर अपनी उस भूल को सुधार आती... मगर समय ऐसा कहाँ करता है। मैंने स्नेह उसके सर पर हाथ फेरा तो एक मासूम बालक की तरह वह मेरे हृदय से आ लगा। उसके साथ-साथ मेरे व्यथित हृदय को भी असीम आनंद की अनुभूति हो रही थी। तभी वह यकायक छिटककर मुझसे दूर हो गया और बोला, ''नहीं माते! अब इस प्रेम का यथार्थ की कठोर भूमि पर कोई स्थान नहीं है; ये मुझे कमजोर कर देगा और तुम्हारे प्रेम को ये दुनिया स्वार्थी कहेगी, हम दोनों अपयश के भागी होंगे... मुझे राधेय ही रहने दो; वो राधेय, जो सदैव अपमान की अग्नि में जलता रहा; इसके लिए मैं किसी को दोष भी नहीं दूँगा, क्योंकि महत्त्वाकांक्षा से युक्त ये काँटों भरी राह मैंने स्वयं ही चुनी थी; मैं ही सूतपुत्र होते हुए भी इन्हीं सिंहासनों के समक्ष आ खड़ा हुआ था। काश! मैं वास्तव में सूतपुत्र ही होता।''

''यही तो विधि की विडम्बना है पुत्र; तुम तो कौन्तेय हो और तुम्हारे भीतर सूर्य का तेज गतिमान है, इसीलिए ये तो होना ही था; इसमें तुम्हारा दोष कहाँ है पुत्र, सारा दोष तो मेरा है... इस अभागी माँ का, जो अपने स्वयं जाये पुत्र को वचनबद्ध कर मृत्यु की ओर भेज रही है। काश! ये दुनिया

जातिगत व्यवहारों से ऊपर उठकर केवल मनुष्य मात्र से प्रेम कर सकती।''

''नहीं माते, ये तो मेरे प्रारब्ध का लिखा है, जो मैंने भोगा; तुम तो पाँच वीर पुत्रों की माता हो और रहोगी भी... ये राधेय रहे न रहे, इससे किसी को फर्क नहीं पड़ेगा, आप व्यथित न हों माते; अब अपेक्षाएँ नहीं रहीं तो किसी का लोभ, मोह भी नहीं रहा... इस जीवन का भी नहीं; इसीलिए देने से बड़ा संतोष, मेरे जीवन में कोई और नहीं रहा; आप प्राण भी माँगतीं तो भी मैं उतने ही हर्ष के साथ दे देता, कम-से-कम दुनिया मुझे मेरे दुष्कर्मों के अतिरिक्त, दान के लिए भी तो स्मरण करेगी।''

उसके शब्द मेरे हृदय को विदीर्ण कर रहे थे, उसकी मुस्कराहट मेरे कृत्य को और घृणास्पद बनाये जा रही थी। मैं मौन खड़ी उसे जाते हुए देख रही थी।

मैं बिल्कुल निरुत्तर थी, मगर मेरे अश्रु, निश्छल और ममत्व से भरे थे, जिनसे वह मुँह फेरकर दूसरी ओर बढ़ गया था। मैं जानती थी कि ये कर्ण से मेरी अंतिम भेंट होगी।

उसका अधर्म के साथ होना, कहीं न कहीं दुनिया से उसका प्रतिशोध ही था; जिन्होंने उसे पीड़ित और तिरस्कृत किया था, वह भी उन्हीं के विरुद्ध खड़ा हो गया। समय ने उसे कहाँ लाकर खड़ा कर दिया। काश! उसकी प्रतिभा को सूतपुत्र होने पर भी वही सम्मान मिला होता, जिसका वह हकदार था तो शायद परिणाम कुछ और ही होते। जब तक ऊँचाई पर बैठे लोग अपनी असुरक्षा और कुंठा से निम्नों से घृणा करते रहेंगे, तब तक कर्ण प्रतिशोध लेते रहेंगे और युद्ध भी होते रहेंगे।

युद्ध तो मैं भी चाहती थी, मगर राजसिंहासन के लिए नहीं, बल्कि द्रौपदी के रूप में एक नारी के अपमान के लिए; जो मुझे हस्तिनापुर में रहते हुए भी हर एक पल खटकता रहा था। इसीलिए जब श्रीकृष्ण ने युद्ध के लिए मुझसे आज्ञा और आशीर्वाद माँगा, तो मैंने सहज ही हाँ कर दी थी, क्योंकि व्यक्तिगत हानि-लाभ से ऊपर, मानवीय मूल्यों की स्थापना आवश्यक थी। चाहती तो मैं भी युद्ध रोक सकती थी, परंतु ये द्रौपदी के साथ-साथ समस्त नारी जाति के साथ अन्याय होता और इतिहास मुझे कभी

क्षमा नहीं करता। धर्म की रक्षा हेतु आत्मोत्सर्ग के लिए अभिमन्यु, घटोत्कच जैसे वीरों को दुनिया सदैव याद रखेगी।

समय ने मुझसे ही द्रौपदी को पाँचों भाइयों में बँटवा दिया था, तब मुझे भी बहुत दुःख हुआ था। मैंने अपने पुत्रों के साथ-साथ द्रौपदी की भी विकलताएँ और द्वंद्व देखे थे, मगर द्रौपदी के त्याग और समर्पण ने पाँचों पुत्रों को एक सूत्र से बाँधे रखा; तब कहीं जाकर मुझे संतोष हुआ था। काम को मर्यादित कर उसे कर्तव्य का रूप देकर उसे जीवन में उतारने वाली द्रौपदी के त्याग को ये कुरुवंश सदैव याद करेगा, फिर भी अनजाने में ही सही, मगर की गयी भूलों का प्रायश्चित तो मुझे भी करना ही पड़ेगा। इसीलिए मन की शांति के लिये मेरा वन में आना भी अत्यंत आवश्यक था। मैंने भी इस संग्राम में बहुत कुछ खोया था। युद्ध के बाद वर्षों तक उसकी कसक बनी रही। अब समय इन सबसे मुक्त होने का था, मगर ये भीम कहाँ समझने वाला था। बंधन टूट जायें तो मृत्यु पीड़ादायी नहीं रहती; देह के समस्त दुःखों से मुक्ति का मार्ग बन जाती है और मैं इस वन में उसी अंतिम यात्रा की बाट जोह रही थी।

6

युद्ध के बाद आत्मविश्लेषण और मानसिक द्वंद्वों से केवल भीष्म, धृतराष्ट्र, कुंती, गांधारी ही नहीं गुजरीं, बल्कि कुछ और भी थे, जिनके प्रतिशोध ने कुरुवंश की नींव हिला दी थी; उनमें एक द्रौपदी भी थी, जिसका तो जन्म ही प्रतिशोध की अग्नि से हुआ था। महाराज द्रुपद के प्रतिशोध की उस अग्नि से, जिसने यज्ञकुंड की अग्नि का रूप ले लिया था, तब याज्ञसेनी द्रौपदी का जन्म हुआ था। द्रोणाचार्य के प्रतिशोध के परिणाम स्वरूप, द्रुपद के भीतर भी अपमान और प्रतिशोध की ज्वाला धधक उठी थी, जिसे शांत करने हेतु पुत्र-प्राप्ति के लिये किये गये यज्ञ की अग्नि से उन्हें दो संतानें, धृष्टद्युम्न के रूप में पुत्र और द्रौपदी के रूप में पुत्री की प्राप्ति हुई थी। वही द्रौपदी, समय के बहाव में बहकर आज कहाँ आ खड़ी हुई है।

सुभद्रा को परीक्षित के साथ अठखेलियाँ करते देख, द्रौपदी को अपने पुत्रों और अभिमन्यु की सुध हो आई थी, जो उसके भीतर की अग्नि को शांत करने में स्वयं जलकर राख हो गए थे। द्रौपदी, सोचते-सोचते अपने कक्ष तक आ गई थी; उसके मस्तिष्क में विचार सघन मेघों की तरह तीव्रता से उमड़-घुमड़ रहे थे।

"सचमुच मेरे भीतर जीवन-पर्यन्त एक ज्वाला सी जलती ही रही। जीवन भर न जाने कितनी ही परीक्षाएँ देनी पड़ीं, जिनका मुझे स्मरण भी नहीं है। समय ने मुझे संसार के क्या-क्या रूप दिखाये, ये तो मैं ही जान सकती हूँ। कृष्ण सा सखा और मार्गदर्शक न मिलता तो ये द्रौपदी कब की टूटकर बिखर गई होती। मेरा रोम-रोम उनका ऋणी है।

मेरा सारा समय प्रतिशोध की अग्नि की प्रचंडता को महसूसते हुए गुजरा था। इसे निरंतर बढ़ते देखना किसी यातना से कम नहीं होता। एक प्रतिशोध ने, एक नये प्रतिशोध को जन्म दे दिया था। द्रोणाचार्य ने प्रतिशोध तो ले लिया था, मगर उसकी अग्नि, पिताश्री के हृदय में अपमान के रूप में जलती ही रही। मैं भ्राता धृष्टद्युम्न के साथ पल-बढ़ रही थी; साथ ही पांडुपुत्र अर्जुन के पराक्रम के किस्से भी सुनती रहती थी, जिनमें द्रोणाचार्य की महत्त्वाकांक्षा, स्वार्थ एवं गुरुदक्षिणा की भी कथाएँ होती थीं।

अचानक एकलव्य का कटा अँगूठा मेरी आँखों के सामने प्रकट हो जाता। मन घृणा से भर जाता। दूसरी गुरुदक्षिणा पांडुपुत्रों ने दी थी। उस युवा अर्जुन के बाणों की धार और धनुष की टंकार कितनी विकट होगी, जिसने पिताश्री को बंदी बना लिया था। इसमें पांडुपुत्रों का दोष ही क्या था? वो तो द्रोणाचार्य की महत्त्वाकांक्षा पूर्ति हेतु वचनबद्ध साधन भर थे।

द्रोणाचार्य की अभावजन्य महत्त्वाकांक्षा, कुरुवंश की अंधी और स्वार्थ से परिपूर्ण महत्त्वाकांक्षा से जुड़कर भ्रष्ट हो गई थी, इसीलिए कुरुवंश भी मुझे तनिक भी नहीं सुहाया। जब भी पांडुपुत्रों के धर्माचरण और उन पर हुए अन्याय के बारे में सुना तो उनसे सहानुभूति अवश्य हो गई थी।

सभी कहते थे कि द्रौपदी अनिंद्य सुंदरी है और किसी भी पुरुष को आकर्षित करने में समर्थ है; सुनकर, मन गर्व और हर्ष से भर जाता था। अपने मन की कहूँ तो मेरा मन पांडुपुत्र अर्जुन जैसे वीर पति की कामना करता था, जो अपने पौरुष से पिताश्री के प्रतिशोध को पूर्ण करने में सहायता के साथ-साथ मुझे भी पूर्णता प्रदान करे। फिर विचार आता कि एक शिष्य, अपने गुरु के विरुद्ध शस्त्र क्यों उठायेगा? परंतु काल की गति कोई नहीं जानता।

समय भी अजीब खेल खेलता है। पिताश्री ने जब ये समाचार सुनाया कि पांडुपुत्र अपनी माता के साथ लाक्षागृह में जलकर भस्म हो गए हैं, तो मुझे अत्यंत पीड़ा हुई थी। अर्जुन ही एक ऐसा नाम था, जो पूर्णपौरुष के रूप में मेरे हृदय में अंकित हो गया था। नारी का हृदय ऐसा ही होता है। पीड़ा तो मैंने पिताश्री के मुख पर भी देखी थी; शायद वो भी अर्जुन को मेरे भावी पति के रूप में देखना चाहते हों। उन्हें कौरवों द्वारा पांडवों के विरुद्ध आचरणों का पूर्ण अनुमान था। पिताश्री के मुख से अर्जुन की वीरता की कथाएँ सुन-सुनकर मेरी जिज्ञासा अत्यधिक बढ़ गई थी, परंतु इस घटना ने मेरे मन को निराशा की ओर धकेल दिया था।

मैं विवाह योग्य हो गई थी और पिताश्री यही चाहते थे कि कोई अतुल्य वीर योद्धा ही मेरा पति बने। किसी के प्रति लगाव भी एक झटके से समाप्त नहीं होता, कहीं-न-कहीं कोई आशा शेष बची ही रहती है। यही वो आशा थी, जिसके कारण मेरे स्वयंवर में पिताश्री ने धनुर्विद्या वाली प्रतियोगिता रखी थी... शायद अर्जुन जीवित हों। ऐसे वीर पुरुषों को अग्नि इतनी सहजता से भस्म कर देगी; इस सत्य को स्वीकार करने के लिए मन तैयार ही नहीं था।

मैं स्वयंवर के लिए पूर्ण शृंगार के साथ सज्ज खड़ी थी। सभागृह में उपस्थित राजाओं, युवराजों के अतिरिक्त और भी लोग थे, जिनकी कामुक दृष्टि को मैं अपनी देह पर महसूस रही थी और कुछ के मुख पर आश्चर्य और प्रशंसा के भाव थे; उनका आकर्षित होना संयमित था। सभी की दृष्टि मुझ पर ही टिकी हुई थी। भ्राता ने स्वयंवर के नियम और लक्ष्य को कैसे बेधना है, समझा दिया था। सखा श्रीकृष्ण और बलराम जी भी वहीं उपस्थित थे। मैं भी उनके मुख को कई बार देख चुकी थी। वही मन मोहक मुस्कान मेरा संबल बढ़ा रही थी; जैसे कह रही हो, द्रौपदी धैर्य रखो; सब ठीक ही होगा।

जहाँ प्रतिभागियों के रूप में एक साथ क्रोध, वासना, अहंकार, छल और वीरता हो, वहाँ सब सही कैसे हो सकता है; जिनमें हस्तिनापुर से आये दुर्योधन, द्रोण पुत्र अश्वत्थामा और सूतपुत्र कर्ण भी थे और यही मेरी चिंता का कारण था। मैंने परशुराम शिष्य कर्ण की प्रतिभा के बारे में सुन रखा था,

किंतु वह उन्हीं के साथ था, जिनके आचरण, घृणा के पात्र थे।

वहाँ उपस्थित प्रतिभागी योद्धा एक के बाद एक असफल होकर अपमान और उपहास के पात्र बन रहे थे। उनमें से कुछ पलायन भी कर गये थे। जब कर्ण अपने आसन से उठा तो मुझे अच्छा नहीं लगा। उसका बल, पौरुष से परिपूर्ण था और उसने सहज ही धनुष पर प्रत्यंचा चढ़ा दी थी। तब मैंने अपने सखा श्रीकृष्ण की ओर देखा था। उनके मुख पर स्वीकृति के चिन्ह नहीं थे। यह देखकर मुझमें न जाने कहाँ से इतना साहस आ गया था, कि मैंने उसी क्षण सूतपुत्र की परिणीता होने से साफ मना कर दिया था। पक्षपात के आरोप भी लगे, मगर नियमों ने रक्षा की। क्रोध से तमतमाते कर्ण के नेत्रों में अपने लिये मैंने घृणा और प्रतिशोध के भाव देखे थे।

ये स्त्री का अधिकार था कि वह भावी जीवन और उत्तम संतान के लिए किसे वरण करे और मैंने वही किया था। पिताश्री और भ्राता के मुख पर चिंता की लकीरें स्पष्ट नजर आ रही थीं; उन्होंने उठकर कुछ कहा भी था, फलस्वरूप वहीं खड़ी भीड़ से निकलकर एक ब्राह्मण कुमार आया, जिसे देखकर सभी उसका उपहास करने लगे थे, परंतु वह शांतचित्त होकर धनुष तक आ गया था। उसे देखकर, सखा श्रीकृष्ण मुस्करा रहे थे। मैं मौन हो सब देख रही थी।

जिस धनुष पर कोई प्रत्यंचा भी नहीं चढ़ा पा रहा था, उसने एक पल में सटीक लक्ष्यभेद कर दिया था। उसकी जय जयकार हो रही थी। मैंने संकोच और भावी आशंकाओं के साथ उसे वरमाला पहना दी थी, जो क्षत्रिय कुल के दंभ को तनिक भी नहीं भाई थी; परिणामस्वरूप सभागृह युद्धभूमि में बदल गया। उन ब्राह्मण कुमारों के पौरुष के समक्ष सब पराजित हुए थे, और मैं ससम्मान उनके साथ विदा हो गई थी।

मैं उनकी वीरता और पौरुष को तो देख ही चुकी थी और कुटी तक पहुँचने से पहले उनके हास-परिहास और प्रेम को देखकर मन को संतोष हो रहा था। जो नजरें मुझे सभा में घूर कर देख रहीं थीं, अब संकोच से मर्यादित थीं। मैं उन पाँचों कुमारों के साथ कुटी के द्वार पर खड़ी थी। जिन्हें सभी ज्येष्ठ कह रहे थे, उन्होंने कहा,

''माँ! देखिये हमें भिक्षा में आज क्या मिला है?'' सुनकर मैं सोच रही थी कि द्रौपदी कोई वस्तु या चेतना-विहीन देह तो नहीं है, जिसे ये भिक्षा कह रहे हैं; मैं भावनाओं और संवेदनाओं से परिपूर्ण एक स्त्री हूँ। परंतु जो मैंने देखा था उससे यही अनुमान लगाया जा सकता था कि ये परिहास ही है और था भी। फिर जो कुछ भी घटित हुआ, उसने मेरी ही नहीं, सभी की दुनिया ही बदल दी थी।

''पाँचों भाई आपस में बाँट लो।'' भीतर से आये उस नारी स्वर में एक सहज आदेश था, जिसे सुनकर सभी किंकर्तव्यविमूढ़ से हो गए थे। हास-परिहास, धूम्र की तरह हवा में विलीन हो गया। सभी के मुख देखकर यही प्रतीत हो रहा था जैसे कोई अनर्थ हो गया हो। कोई मौन था तो कोई अनर्थ की आशंका से भयभीत। पहले राजभवन से ये कुटी और फिर ये धर्मसंकट; मेरे लिये ये समय किसी यंत्रणा से कम नहीं था। माँ, वाग्दान कर चुकी थीं और उसका पालन करना पुत्रों का धर्म था।

उत्तर न पाकर माँ बाहर आ गयीं। अपने पुत्रों के साथ एक सुंदर स्त्री को देखकर उन्हें स्थिति को समझते देर न लगी। इससे पहले कि वो कुछ कहतीं वही ज्येष्ठ बोले,

''माँ, ये तुमने क्या कह दिया!'' कहते हुए उनके स्वर में हताशा थी, मगर अब देर हो चुकी थी। माँ तो अनजान थीं, इसमें उनका कोई दोष नहीं था; सारा दोष तो मेरे भाग्य का था। उस दिन मैंने जाना, धर्म में कितना आत्मबल होता है और प्रेम में कितना त्याग। सभी की मनोदशा देखकर ये तो लगने लगा था कि इस विकट परिस्थिति से निकलने के लिए हमें ही संयमित रहकर प्रयास करने होंगे। हमारे सामने धर्म, समाज, लोक और न जाने कितनों को संतुष्ट करने की चुनौती थी।

कभी-कभी ये सोचकर मन आक्रोश से भर जाता था कि स्त्री, इस पुरुष प्रधान समाज में केवल उपभोग की वस्तु है और कोई भी उसकी सहमति के बिना, उसका भविष्य तय कर सकता है, जहाँ उसकी भावनाओं का कोई महत्त्व नहीं है; परंतु दूसरे ही क्षण ये लगने लगता था कि ये उन पुरुषों में से नहीं हैं... माँ भी तो एक स्त्री ही है, जब उसके वचनों का इतना सम्मान है तो मेरा क्यों नहीं होगा। सभी की उद्विग्नता तो यही दर्शा रही थी

कि सभी दुःखी हैं, वरना मेरे लिए संघर्ष होता या फिर सामूहिक खुशी... मैं अपनी समझ से इस मझधार में डूबते-उतराते किनारा तलाश रही थी, जो अभी बहुत दूर था।

दूसरे दिवस, प्रातःकाल ही सखा श्रीकृष्ण और भ्राता धृष्टद्युम्न मेरे समक्ष खड़े थे; उन्होंने बताया, जिसे मैंने वरमाला पहनाई थी वो पांडुपुत्र अर्जुन हैं। सुनकर मेरी खुशी का ठिकाना न रहा, मगर हम दूसरे ही पल फिर उसी जगह खड़े थे। विचार मंथन और फिर तर्कों-उदाहरणों के बाद मेरा पाँचों पांडुपुत्रों से विवाह होना तय हो गया था।

हम सभी पाँचाल में थे और हमें ही इस संकट से उबरना था। ऐसा पहले भी हुआ था, जिसमें जटिला नामक गौतम गोत्री कन्या ने सात ऋषियों से विवाह किया था। और फिर माता और गुरु की वाणी भी धर्म युक्त होती है। मैं पाँच पतियों की पत्नी बनकर हस्तिनापुर आ गई थी।

चारों तरफ स्वागत सत्कार हो रहा था, मगर मेरा हृदय एकांत चाहता था। कुछ नये रास्ते निकालने थे। आखिर हम सभी मनुष्य ही तो हैं और हमारी कमजोरियाँ भी मानवोचित ही थीं, जिनसे ऊपर उठकर ही वासना पर संयम की विजय हो सकती थी।

मैंने सभी के मुखों पर पीड़ा और दुविधा की गहरी रेखाएँ देखी थीं, जिससे हम सभी को मिलकर ही उबरना था। इन सभी के मध्य अब मुझे ही वो धुरी बनना था, जिससे पांडुपुत्र सदैव एक बने रहें। इसके लिए सभी के प्रति मेरा समभाव होना अनिवार्य था और यही मेरे लिए सबसे कठिन कार्य था।

मेरा सौन्दर्य अब पाँचों पतियों के लिये था और अब चारों भाइयों को अर्जुन के साथ मुझे अपने हृदय में स्थापित करना था। सचमुच ये कार्य मेरे लिए दुष्कर था। प्रेम तो व्यक्तिगत होता है और मेरा प्रथम प्रेम तो अर्जुन ही था; मैंने उसकी ही पति रूप में कामना की थी... परंतु मेरी उमंग, मेरा उल्लास, धर्मार्थ पाँच भागों मे बँट गया। मुझसे किसी ने नहीं पूछा कि मैं क्या चाहती हूँ? मेरे अंतर में कौन है? अब ये मेरी निजिता है और केवल मेरी ही रहेगी। विवाह तो समाज और परिवार के प्रति उत्तरदायी होता है,

तभी तो इसे समाज में मान्यता दिलाने के लिये हम सभी को कितने प्रयास करने पड़े थे।

वीर धनुर्धर अर्जुन ने मुझे स्वयंवर में प्राप्त किया था, परंतु मेरा प्रथम पाणिग्रहण धर्मराज युधिष्ठिर ने किया। सचमुच कमाल का धर्म है। कुछ लोग आशंकावश तिलोत्त्मा की कथा कह रहे थे, जिसमें दो सगे भाई एक स्त्री के कारण लड़कर नष्ट हो गये थे। उनकी आशंकाएँ निर्मूल नहीं थीं। काम का वेग बड़ा प्रबल होता है। बड़े-बड़े ऋषि मुनियों के पराभव की कथाएँ तो मैंने भी सुनी थीं; मगर पांडुपुत्रों का संयम, त्याग और प्रेम मुझे बहुत संबल प्रदान कर रहा था।

अब पत्नी के रूप में मुझे अपने समभाव को व्यवहार में परिणत करना था। एक के साथ रहकर मैं कहीं दूसरों के साथ अन्याय न कर बैठूँ या फिर अपने कर्मों से कहीं कुलीन होने का गौरव न खो दूँ, इन्हीं विचारों ने मन-बुद्धि को पंगु सा कर दिया था। एक के साथ गृहस्थ जीवन की शुरूआत करना कितना सरल होता है; परंतु मेरे लिए पाँच पतियों को शारीरिक और मानसिक रूप से संतुष्ट करना कैसे संभव होगा? अब इस तरह के अनेक प्रश्न मेरे समक्ष खड़े थे। हमें मिलकर बहुत कुछ तय करना था।

पुरुषोचित कामेच्छा हो या फिर स्त्रीयोचित ईर्ष्या, ये अपना प्रभाव तो छोड़ती ही है। मेरी दुविधा, माता कुंती से भी छुपी नहीं थी। एक दिन उन्होंने मेरे पास आकर कहा था,

"पुत्री! तेरे इस धर्मसंकट का कारण मैं ही हूँ; मेरे ही अनभिज्ञता से पूर्ण वचनों ने तुझे कहाँ लाकर खड़ा कर दिया और मेरे पुत्रों का सुख-चैन छीन लिया है; ये उनका आपसी प्रेम, सद्भाव और त्याग ही है, जो उन्हें धर्म के मार्ग से कभी पतित नहीं होने देगा; किंतु अब इस प्रेम को तुम्हें ही एक सूत्र में पिरोना है।" वो भी तो एक नारी ही हैं... शायद उन्होंने मेरे मनोभावों को समझा था। मैंने भी उन्हें आश्वस्त किया था।

ये समय केवल हमारे दांपत्य की अस्थिरता का ही नहीं था, बल्कि राजनैतिक महत्वाकांक्षाओं और अधिकारों को प्राप्त करने के लिए संघर्ष का भी था। राज्य का बँटवारा हो गया था; दुर्योधन को हस्तिनापुर और पांडवों

को खांडवप्रस्थ का अधिकार मिला था। जहाँ पुरुषार्थ और प्रेम हो, वहाँ कुछ भी असंभव नहीं होता और फिर श्रीकृष्ण जैसा सखा और पथ-प्रदर्शक हो तो हर मुश्किल कितनी आसान हो जाती है।

मनुष्य होकर पतित होना कितना आसान होता है; परंतु मनुष्य होकर मानवीय आदर्शों की स्थापना करके देवत्व को प्राप्त करना उतना ही कठिन और काँटों से परिपूर्ण होता है। प्रेम में तो त्याग की भावना स्वतः ही फूट पड़ती है। पाँचों भाई बाहर से कितने भी तटस्थ हों, परंतु भीतर से बहुत व्यथित और एक दूसरे के लिए चिंतित थे, ये तो मैं ही समझ सकती थी। जहाँ चाह होती है वहाँ राह भी निकल ही आती है। अब हमें काम-वासना के पंक से ऊपर उठकर एक आदर्श और संयमित दांपत्य की स्थापना करनी थी, जिसका मार्ग स्वयं देवर्षिनारद ने खांडवप्रस्थ प्रवास से पूर्व आकर हमें दिखाया था और मुझे सौभाग्यशालिनी होने का आशीर्वाद भी दिया था। उन्होंने कहा था,

"द्रौपदी, तुम स्वयं अनोखी हो और तुम्हारा दांपत्य जीवन भी औरों से भिन्न होगा; इसीलिये तुम्हें इसे आदर्श रूप से चलाने के लिए कुछ कठोर नियम भी बनाने होंगे, जिसका पालन तुम्हें और पांडुपुत्रों को बड़े धैर्य और संयम से करना होगा, जिससे आपसी प्रेम भी बना रहेगा और तुम भी अपने पत्नी होने के दायित्वों का पूर्ण निष्ठा से निर्वहन कर सकोगी।" सुनकर धर्मराज ने कहा,

"ऋषिवर, आपने सत्य कहा है, अतः अब आप ही कोई नियम निर्धारित करें, जिससे हमारे बीच सब पूर्ववत ही बना रहे।" तब नारद जी ने कहा था,

"ये निश्चित कर लो कि जब एक भाई द्रौपदी के साथ एकांत में हो तो कोई दूसरा वहाँ प्रवेश न करे और यदि करता भी है तो स्वयं बारह वर्ष का वनवास दंड स्वरूप भोगे।" उनके वचनों को सभी ने स्वीकर कर लिया था। तत्पश्चात 'कल्याणमस्तु' कहकर वे चले गये थे। इस तरह हमारा दांपत्य जीवन शुरू हुआ।

प्रेम और कर्तव्य सदैव त्याग और समर्पण की अपेक्षा रखता है। इसी

से हमारे दांपत्य की गाड़ी चल रही थी। मैं कक्ष के एकांत में भले ही जो उपस्थित हो, उसी एक की सहधर्मिणी रही हूँ, मगर कक्ष के बाहर मैंने सभी को समान भाव से ही देखा और महत्व दिया है। मेरी भावनाओं से मेरे दायित्व सदैव ऊपर रहे हैं। मैंने अर्जुन के मौन को समझा और उसकी पीड़ा को महसूस किया था। हमारे हृदय कुछ ही समय सही, मगर सभी से पूर्व ही जुड़ गए थे। उसके त्याग और भ्रातप्रेम ने मेरी दृष्टि में अर्जुन के मान को और अधिक बढ़ा दिया था। ये सब मेरे भीतर ही दबा रह गया; नियति ने इसके बाहर आने का मार्ग, पूर्व ही बंद कर दिया था।

मैं सभी की आत्मग्लानि को कर्तव्य मार्ग के दायित्व बताकर धर्म संगत ठहराती रही और उनका साहस बनती रही। सभी के भीतर उठते द्वंद्वों को यदि मैं बहने का मार्ग न देती तो परिणाम प्रतिकूल भी हो सकते थे; परंतु मैंने सभी को सँभालने में कोई कसर नहीं छोड़ी।

मैंने अंतरंग और बाह्य जीवन को सदैव पृथक ही रखा, इसीलिए मुझे स्वयं दो जीवन जीने पड़े। मैं ये समझती थी, यदि हमारे आपसी व्यवहार अमर्यादित नहीं होंगे, तो ईर्ष्या और द्वंद्व भी नहीं होंगे... इस प्रकार मैं सभी की होकर भी रही और पृथक-पृथक भी। इस तरह हमने सफल दांपत्य की नींव रखी थी।

मेरे आने के बाद भी पांडुपुत्रों के आपसी भाईचारे में तनिक भी परिवर्तन नहीं आया था, वरन् वो और अधिक नजदीक आ गये थे। खांडवप्रस्थ अपने राजसी वैभव को प्राप्त हो गया था। हम सुखी जीवन जी रहे थे।

मैंने सभी पतियों से ये भी कह दिया था, वो चाहें तो और विवाह कर सकते हैं; वे अपने निर्णय लेने के लिए पूर्ण स्वतंत्र हैं। ये आवश्यक भी था, क्योंकि सभी की अपनी जरूरतें भी होती हैं। आखिर हम मनुष्य ही तो हैं। और जहाँ संकोच एवं स्वभावगत प्रेम हो, वहाँ विश्वास और स्वतंत्रता, रिश्तों को और प्रगाढ़ बना देती है।

जिस स्त्री के जीवन में पाँच वीर और सर्वगुण सम्पन्न पति हों, उसके जीवन में उल्लास की कमी तो हो ही नहीं सकती, इसीलिये सभी के प्रति मेरे

कर्तव्य और अधिक सजग हो गए थे। समय ने मुझे समुद्र के तट की रेत के सदृश बना दिया था, जिस पर उकेरी गई हर आकृति एक निश्चित अंतराल के बाद आती लहर के साथ ही मिट जाती और मैं पुनः अपने मूल स्वरूप में आ जाती थी। ये एक स्त्री के लिए बहुत कठिन कार्य था, मगर प्रेम ने इसे सहज कर दिया था।

राजधर्म हो या क्षत्रिय धर्म... ये दोनों ही याचक और शरणागत की रक्षा के लिये प्रतिबद्ध होते हैं, इसीलिए इनके कर्तव्य न समय देखते हैं और न परिणाम। अर्जुन भी बिना कुछ सोचे-समझे मेरे कक्ष में रखे गांडीव को उसी क्षण उठाने चला आया था। उस समय मैं धर्मराज के साथ थी। मुझे जिसका डर था... वही हुआ। अर्जुन ने ब्राह्मण की गायों की रक्षा कर ली और शत्रुओं को पराजित कर अपना धर्म भी निभा लिया, मगर उस नियम की रक्षा न कर सका, जो हमने मर्यादित दांपत्य जीवन के लिए बनाये थे

अर्जुन, बारह वर्ष के लिए वन जाने को प्रस्तुत था। मुझे नारद जी के कहे वचनों के अर्थ समझ में आ रहे थे। ये उसके लिये मानसिक द्वंद्वों पर विजय प्राप्त कर नई शुरूआत करने का समय था। सभी ने उपजे हालातों का वास्ता देकर रोकना चाहा, मगर वह रुका नहीं। जाते समय अर्जुन ने मुझे देखा था; उसकी आँखों में बहुत पीड़ा थी, जिससे उसे स्वयं ही मुक्त होना था। मुझे भी अपना स्त्री धर्म निभाना था, इसीलिए मैं मौन, ईश्वर से उसके सकुशल लौटने की प्रार्थना कर रही थी।

...ये बारह वर्ष भी बीत गए थे। अर्जुन लौट आये थे, मगर अकेले नहीं; उनके साथ पत्नी के रूप में सखा श्रीकृष्ण की बहन सुभद्रा भी थी। देखकर मुझे थोड़ी ईर्ष्या अवश्य हुई थी, मगर अर्जुन को खुश देख मुझे भी प्रसन्नता होने लगी थी। मैंने सुभद्रा को हृदय से लगा लिया। ये उसके त्याग और तप का प्रतिफल था। समय अपनी गति से आगे बढ़ता रहा और मैं, पत्नी से पाँच पुत्रों की माँ बन गई थी। ये एक स्त्री के रूप में मेरी पूर्णता थी।

मेरे पतियों के पुरुषार्थ और सखा श्रीकृष्ण के सहयोग से इन्द्रप्रस्थ अपने विस्तार और वैभव में प्रसिद्धि प्राप्त कर चुका था। धर्मराज ने राजसूय यज्ञ का संकल्प ले लिया था। यही गुरुजनों और स्वजनों की इच्छा थी। कौरवों को भी निमंत्रण भेजा गया था।

स्वभाव, मनुष्य के कर्म और उसकी दिशा तय कर देते हैं; इसीलिए ईर्ष्यालुओं और विवेकहीनों की गति, उन्हीं के कर्मों के द्वारा बुरी और हास्यास्पद हो ही जाती है। दुर्योधन अपने मित्रों और अनुजों सहित इन्द्रप्रस्थ आया था। यहाँ की समृद्धि और वैभव देखकर, अत्यधिक जल-भुन गया था। उसने भ्रमित हो ऐसे कृत्य किये कि वह स्वयं उपहास का पात्र बना।

इस संसार में कुछ लोग ऐसे होते हैं जो स्वयं अपने हीनताबोध का प्रतिशोध हर उस सामर्थ्यवान से लेने लगते हैं, जिसे वो स्वयं से श्रेष्ठ समझते हैं। ऐसे लोगों को और का सुख तनिक भी नहीं सुहाता। दुर्योधन और उसके मित्र कुछ ऐसे ही थे। उनके मुखमंडल ये स्पष्ट दिखा रहे थे कि इनके हृदय बहुत पीड़ा में हैं। यज्ञ के समाप्त होने पर सभी अतिथि अपने राज्यों को लौट गये।

समय के गर्भ में क्या पल रहा है ये तो कोई नहीं जानता, मगर व्यक्ति का स्वभाव और उसके पूर्व कर्म कुछ आशंकाएँ और भावी की ओर इशारा अवश्य करते हैं। इनकी अवहेलना कर जो कार्य करता है उसे हानि ही उठानी पड़ती है। धर्मराज ने बिना किसी विचार के हस्तिनापुर की ओर से आये द्यूतक्रीड़ा के आमंत्रण को स्वीकार कर लिया था और वहाँ सपरिवार पहुँच भी गये थे।

जहाँ प्रमाण और आशंकाएँ स्पष्ट रूप से सामने हों, वहाँ भाग्य को दोष देना सर्वथा अनुचित ही प्रतीत होता है। वहाँ जो हुआ, उसमें धर्मराज का भी उतना ही दोष था जितना कि दुर्योधन का। अनीति का भागीदार बनना भी अनीति ही है; यहाँ इच्छा-अनिच्छा का कोई महत्त्व नहीं होता। ऐसे सभी कर्मों के परिणाम प्रतिकूल ही आते हैं। स्वार्थों और धारणाओं पर आश्रित विचार, धर्म तो हो ही नहीं सकते; सब कुछ और स्वयं को हारने के बाद वो द्यूत में मुझे भी हार गये थे।

अपेक्षाएँ और आत्मबंधन, मनुष्य को कितना लाचार और नपुंसक बना देता है; वहीं हीनताजन्य प्रतिशोध व्यक्ति को कितना घृणास्पद... ये मैंने दुःशासन द्वारा घसीटकर सभा में लाये जाने के बाद ही महसूस किया था। वहाँ अंधी महत्वाकांक्षा के समक्ष कुरुवंश का सारा पौरुष नत था। गुरु, लोभ और उपकारों के भार से दबे थे।

नीति और धर्म को अपनी आत्मा पर ढोने वाले इन महान व्यक्तियों से मैंने अपनी रक्षा की प्रार्थना की थी; नारी के सम्मान और उसके अबला होने की दुहाई भी दी थी... मगर किसी का पौरुष नहीं जागा। मेरे प्रश्न अनुत्तरित रहे। कुरुवंश के पूर्वजों के चरित्र और किये कर्म, द्यूतसभा में साकार खड़े थे और कुरुवंश का वैभव अपने पराभव का मार्ग स्वयं प्रशस्त कर रहा था।

पांडुपुत्रों के हृदय अपराधबोध, आत्मग्लानि और अपमान से उबल रहे थे, परंतु सर, शर्म और बेबसी से झुके थे। दास, इसके अतिरिक्त कर भी क्या सकते थे? धर्म की बेड़ियाँ उनके पौरुष को जकड़े थीं। उनसे अपेक्षा करना व्यर्थ था, परंतु जिन रथी-महारथियों से अपेक्षा रख सकते थे, वे उपकारों और प्रणों से जकड़े मौन बैठकर अपनी मजबूरियों का रोना रो रहे थे। कुछ बोले भी थे, मगर उनके शब्द महत्वहीन होकर रह गए... वो स्वयं निर्बल थे। मेरे कानों में दुर्योधन, कर्ण और उसके भाइयों के शब्द गूँज रहे थे। मेरे हृदय में अपमान और प्रतिशोध की ज्वाला धधक रही थी।

दुःशासन मेरी लाज का छोर पकड़े मुझे नग्न करने को तत्पर था। अब तो सखा श्रीकृष्ण ही थे जो मेरी लाज बचा सकते थे। मैं असहाय उन्हें ही पुकार रही थी और केवल उन्होंने ही आकर अपने समस्त धर्म निभाये। भयभीत और आश्चर्यचकित लोगों के बीच मैं द्यूतसभा में ससम्मान खड़ी थी।

तूफान गुजर चुका था, मगर भय अब भी व्याप्त था। सोई आत्माओं में चेतना की हलचल महसूस हो रही थी। चीखने और आदेश देने वाले मुख भय से स्तब्ध थे। समस्त कुरुवंश, सत्य और धर्म की शक्ति से परिचित हो चुका था। भीम ने मौन की बेड़ियाँ तोड़ते हुए दुर्योधन की उस जाँघ को तोड़ने का प्रण लिया, जो उसने मुझे भरी सभा में दिखाई थी और दुःशासन के उन हाथों को उखाड़कर लहू पीने की प्रतिज्ञा की, जिन्होंने मेरे केश पकड़े थे। तब तक मैं भी उसी के लहू से अपने केश धोकर बाँधने का प्रण ले चुकी थी।

मेरे भीतर की जिस नारी का अपमान हुआ था, उसे सारे कुरुवंश से प्रतिशोध चाहिए था। जब कुरुवंश के छली-दंभी राजकुमारों की सामर्थ्य अर्थहीन हो गई, तो सिंहासन को धर्म का स्मरण हो आया। मुझे दासत्व से

मुक्त कर दिया गया था। महाराज धृतराष्ट्र ने मुझसे वर माँगने को कहा, तो मैंने अपने पतियों की मुक्ति माँग ली थी; मगर उन्होंने सब जीता हुआ लौटा दिया। भय भी अपना प्रभाव दिखाता है।

मैं फिर भी उद्विग्न थी। मेरे खुले केश नागों की तरह हर पल फुँकारते रहते थे, इसीलिए प्रतिशोध की अग्नि भी मुझे निरंतर जलाये जा रही थी। धर्मराज के शब्द मेरी पीड़ा को कम भले करते रहे हों, मगर मिटा न सके। अपनों का प्रेम घावों पर शीतल लेप तो लगा देता है, परंतु घावों को भरने में सक्षम नहीं होता। वह क्षणिक ही साबित होता है। मैं तो एक आम स्त्री के समान ही परिवार के साथ सुख से रहना चाहती थी, मगर समय तो कुछ और ही चाहता था।

क्षमा, भूल के लिए होती है और अपराध के लिए दंड, मगर कुरुवंश में ये न्यायसंगत परिपाटी समाप्त हो चुकी थी, इसीलिए शक्ति अहंकारी और निरंकुश हो गई थी। दुर्योधन की महत्वाकांक्षा, स्वार्थ और क्रूरता की चरमसीमा तक पहुँच गई थी, जिस पर अंकुश लगाने की सामर्थ्य न पितामह भीष्म के बल में थी और न माता गांधारी की ममता में। महाराज धृतराष्ट्र तो सदैव उसे पोषित और शकुनि उसे प्रज्ज्वलित करता रहा। हमें इन्द्रप्रस्थ में भी सुख से न रहने दिया गया।

धर्म में अगर लचीलापन न हो तो वो भी अनर्थकारी हो जाता है। शक्तिसंपन्न और धूर्तों को यही जड़ता शोषण और प्रताड़ित करने के लिये प्रेरित करती है। हमारी अवस्था उस रोगी और निर्बल पशु सी थी, जिस पर दुर्योधन नाम के व्याघ्र की पैनी नजर थी जो शिकार के लिये अवसर की ताक में घात लगाए बैठा था।

धर्मराज का सत्य और धर्म एक बार फिर उनकी कमजोरी साबित हुआ था। वे पूर्व घटित घटनाओं को विस्मृत कर फिर द्यूतक्रीड़ा के निमंत्रण पर हस्तिनापुर पहुँच गये थे। इस बार शर्तें-नियम कुछ भिन्न थे, मगर मंतव्य वही था हारने वाले को बारह वर्ष वनवास और एक वर्ष अज्ञातवास का भोगना था। और यदि उसमें पकड़े गये तो फिर वही प्रक्रिया अपनानी थी।

धर्मराज, शकुनि के पाँसों से फिर हार गये। हम वनगमन के लिये

तैयार खड़े थे। इस बार माता कुंती, विदुर के यहाँ रुक गईं थीं। उनकी अवस्था अब वन की कठिनता सहने लायक नहीं रही थी। उन्होंने जाते समय मुझसे कहा था, ''द्रौपदी, अब इन सभी का ध्यान तुझे ही रखना है।'' बाकी सब उपयुक्त स्थानों पर चले गये थे। भीम, धर्मराज के इस कृत्य से नाराज थे और अर्जुन दुःखी... मगर सभी को वन की पीड़ाएँ साथ ही सहनी थी।

धर्मराज शांत थे, मगर मेरा हृदय अब भी उसी यज्ञ कुंड की अग्नि की तरह धधक रहा था, जिसने मुझे जन्म दिया था। मुझे, कौरवों के पतन के रूप में अपना प्रतिशोध चाहिए था। इसके लिए धर्मराज का तैयार होना अति आवश्यक था। उनकी अनुमति के बिना, न भीम का बल काम आने वाला था और न अर्जुन के तूणी के तीर। मैंने उनसे कहा तो वे क्षमाशीलता और ईश्वर में आस्था के गुणों का बखान करने लगे, जबकि मैं श्रीकृष्ण की दुष्टों को दंडित करने वाली नीति का अनुसरण कर रही थी। भीम का खौलता लहू मेरे पक्ष में खड़ा था।

एक दिन मैंने धर्मराज से पूछा था, ''आपने धर्म पालन के नाम पर पुनः द्यूत खेला और सब हारकर वन में पड़े हो, क्या ये सही है? एक राजा का धर्म तो प्रजा का पालन करना है और आपने सारी प्रजा को दुर्योधन जैसे आततायी के सुपुर्द कर दिया। क्या उनके प्रति आपका धर्म उत्तरदायी नहीं था? आपके भाई आपके चाहने भर से प्राण न्योछावर करने का साहस और चाह रखते हैं; उनके प्रति आपका कोई धर्म नहीं था? आपका परिवार, आपके इस कृत्य से बिखरा पड़ा है; उनके प्रति आपका कोई धर्म नहीं था। अगर बात राजाज्ञा की होती तो आप भी तो राजधर्म से बँधे थे। आपके पास तो सामर्थ्य के साथ-साथ धर्मसंगत तर्क भी थे, फिर भी आपने उसे अस्वीकार नहीं किया। तो क्या आज मैं ये मान लूँ कि आप भी आम मनुष्य की तरह ही मानवीय कमजोरियों से ग्रसित थे? आप के भाइयों ने भी आपके इस कृत्य का विरोध नहीं किया, बल्कि प्रेम के लिए साथ खड़े रहे। इसे मैं उनका बड़प्पन ही कहूँगी, मगर आपके भी तो कुछ उत्तरदायित्व थे, जिन्हें पूरा करने में आप चूके हैं।''

उत्तर में केवल मौन था और मुख पर पश्चाताप और ग्लानि की कुछ

लकीरें। मैंने क्रोध के वशीभूत होकर उनका हृदय आहत किया था, इसलिए आत्मग्लानि तो मुझे भी हो रही थी।

एक दिन सखा श्रीकृष्ण आये थे, तब उन्होंने शल्ववध का किस्सा सुनाया था। उचित समय देख मैंने भी अपने मन की पीड़ा उन्हें साधिकार सुनाई थी। उन्होंने मुझे आश्वस्त किया था कि अब कौरवों के पतन का समय निकट ही है। उस दिन मन को थोड़ी शांति अवश्य मिली थी। भ्राता धृष्टद्युम्न भी कभी-कभी आ जाया करते थे।

मेरे पाँचों पतियों ने मिलकर प्रकृति के सान्निध्य में जो पर्णकुटी बनाई थी, उसे मैंने यथायोग्य बना लिया था। आस-पास खिले पुष्प, मन में उल्लास पैदा कर देते थे, परंतु दूसरे ही क्षण इन्द्रप्रस्थ की याद आते ही जीवन के अभाव विकराल हो समक्ष खड़े हो जाते थे। वन जाते समय माता कुंती ने नकुल सहदेव की ओर इंगित करते हुए कहा था कि ये माद्री के पुत्र हैं, इनका ध्यान रखना। मैं माता कुंती की भावनाओं को समझ रही थी, इसीलिए अपनी सम्पूर्ण सामर्थ्य के साथ अपने दायित्व निभा रही थी। इन सब हालात और वैचारिक मतभेदों के बाद भी हमारा आपसी प्रेम और एक दूसरे के प्रति समर्पण कायम रहा, मेरे लिए यही संतोष बहुत था; इनकी एकता ही मेरी शक्ति थी, जिसके दम पर मेरा प्रतिशोध पूर्ण हो सकता था। धर्मराज के धैर्य पर मेरे खुले केशों की पीड़ा कब अपना प्रभाव दिखायेगी, इसी इंतजार में कई वर्ष बीत गये थे।

अब युद्ध की भूमिका बँधने लगी थी। भीष्म, द्रोण, कर्ण जैसे महारथियों से पार पाने के लिए अर्जुन ने अस्त्र-शस्त्र और दिव्यास्त्रों को प्राप्त करने के लिए प्रस्थान किया था और उन्हें नियत समय पर प्राप्त करके लौट भी आये थे। उनकी प्रसन्न मुखमुद्रा, उनकी सफलता की कहानी स्पष्ट कह रही थी। मुझे देखकर कहने लगे, ''पांचाली अब इन खुले केशों को वेणी रूप में आने से कोई नहीं रोक सकता।'' सुनकर मेरा मन गर्व और हर्ष से भर गया था। फिर मन ही मन सोचने लगी थी कि इन्हें प्राप्त करने में अर्जुन को न जाने कितना तप, कितना परिश्रम करना पड़ा होगा। समय ने परीक्षाओं के लिये केवल अर्जुन को ही क्यों चुना है? कुछ प्रश्न सदैव

अनुत्तरित ही रह जाते थे। अर्जुन की सफलता से सभी आशान्वित थे। केवल धर्मराज को छोड़कर सभी को युद्ध के होने के आसार नजर आने लगे थे।

मुझे कभी-कभी भ्राता शिखंडी की याद आ जाती थी और फिर अम्बा का प्रण। समय कैसे-कैसे खेल रचता है, और मनुष्य भी उसी के अनुरूप आचरण करता है। अब किये कर्मों के परिणामों को भोगने का समय आ चुका था। सभी के प्रतिशोध रक्त के पिपासु हो गये थे और उस युद्ध के केन्द्र में केवल और केवल द्रौपदी अकेली खड़ी थी।

वनवास का अंतिम वर्ष चल रहा था। ऋषियों के सान्निध्य में धर्मोपदेश और चर्चाएँ होती थीं। इसी बीच एक दिन सखा श्रीकृष्ण अपनी रूपवती पत्नी सत्यभामा के साथ आये थे। पांडुपुत्रों के साथ उनकी मंत्रणा हुई। सत्यभामा मेरे ही पास आकर बैठ गई और हास परिहास होने लगा। तभी वह मुझसे कहने लगी,

"द्रौपदी! हम कई रानियों, पटरानियों और पत्नियों के द्वारिकाधीश अकेले पति हैं और हम सब उन्हें बहुत प्रेम करते हैं, परंतु वे किसी के वश में नहीं आते; जब भी कहीं किसी यात्रा या युद्ध पर गये नहीं कि किसी न किसी को पत्नी बनाकर ले ही आते हैं और तुम पाँच पतियों की अकेली भार्या हो, फिर भी ये प्रेम में पड़े, तुम्हारा ही मुख देखते रहते हैं।" मैं सत्यभामा का आशय खूब समझ रही थी और उसकी ठिठोली भी। मैंने कहा,

"सखा श्रीकृष्ण तो हैं ही ऐसे मनमोहन, जो देखे वो उनके प्रेम में पड़ जाये और फिर वो भी तो इतने उदार हैं कि किसी का हृदय आहत नहीं करते।" कहकर मैं भी मुस्कराई।

"आप भी ठिठोली करने लगीं।" सत्यभामा ने कहा तो मैंने विस्तार से उसे बताया था।

"सत्यभामे! मैंने सदैव क्रोध और अहंकार को छोड़कर समभाव से, सभी के प्रति प्रेम और सेवाभाव रखा; साथ ही काम में संयम को अपनाकर, उनकी अन्य स्त्रियों को भी प्रेमभाव से देखा है। मैंने अपने पाँचों सर्वगुणों से युक्त पतियों के अलावा किसी और की कल्पना भी नहीं की और उनके

परिवार, संबंधीजनों को सम्मान देकर यथोचित कर्तव्य किये, तब मैं उनकी प्रेम और सम्मान की पात्र बनी।'' मेरी बातें सुनकर वह प्रसन्न हो गई थी। वो समय वन में भी सुखमय था।

इसे में अपना भाग्य कहूँ या कुछ और। समय तो विपरीत था ही, कभी-कभी मेरा ही रूप-सौन्दर्य, मेरे ही विपरीत आ खड़ा होता। एक दिन मैं वन में अकेली थी, तभी वहाँ से गुजरते जयद्रथ की नजर मुझ पर पड़ी तो वह कामातुर हो, मेरे निकट आकर प्रणय निवेदन करने लगा; तब मैंने उसे अपना परिचय दिया, मगर वह नहीं माना और उस दुष्ट ने मेरा हरण कर लिया। मैंने चीखकर पांडुपुत्रों को सहायता के लिये पुकारा। दैव अनुकूल था, इसीलिए वो मेरी आर्त पुकार सुनकर शीघ्र ही आ गए। उन्हें देखकर, मैंने क्रोध और अपमान की अग्नि में जलते हुए कहा,

''इस दुष्ट को जीवित मत छोड़ना!'' वह भयभीत होकर भागने लगा, मगर भीम ने उसे पकड़ लिया था; उसकी समस्त सेना का संहार किया और उसे प्रताड़ित कर, उससे दासत्व स्वीकार करवाया, तत्पश्चात उसे धर्मराज के सामने ले गये। उन्होंने 'ये बहन दु:शला का पति है।' कहकर उसे दासत्व से मुक्तकर, क्षमा कर दिया था। हम सब मौन देखते रह गए थे।

जीवन, संघर्ष और हिम्मत का दूसरा नाम है; हम कुछ इसी तरह वन में रहकर जीते जा रहे थे। वनवास की अवधि समाप्त होने को थी, हमें शीघ्र ही अपने अज्ञातवास के लिये सुरक्षित नगर तलाशकर, उस ओर प्रस्थान करना था।

वनवास का अंतिम दिवस था। सूरज, पूर्व से निकलकर समूचे वन प्रदेश को पीलाभ से भर गया था। अंधकार के जाते ही समस्त वन्य प्राणियों में गतिमय उत्साह आ गया था। वो भय मुक्त होकर स्वच्छंद विचरण कर रहे थे... मगर हमारे लिये अब भी ऐसी सुबह आने में एक वर्ष की देर थी।

धर्मराज और सभी के साथ मैं भी कुटिया में बैठी थी और हम सभी अज्ञातवास के लिये मंत्रणा कर रहे थे। जब मंत्रणा में विराट नगर जाकर रहना तय हो गया, तो हमने गुणों और ज्ञात कार्यों के अनुरूप अपने-अपने

स्थान भी सुनिश्चित कर लिये थे। संध्या को हम सभी विराट नगर की ओर चल पड़े थे।

आपस में प्रेम और विश्वास हो तो कितनी ही दुश्वारियों से पार पाया जा सकता है। हमें, एक-दूसरे की परेशानियों की चिंता थी, इसीलिए हम सभी एक दूसरे की सुविधाओं का ध्यान भी रख रहे थे; यही वजह थी कि धर्मराज अपने भाइयों से कह रहे थे,

''प्राणों के सदृश प्रिय पांचाली, अज्ञातवास की कठिनाइयों से कैसे पार पायेगी; ये हमारा कितना ध्यान रखती है, मगर हम इसे वो सुख-सुविधाएँ नहीं दे रहे हैं जो इसकी कोमल देह की आवश्यकता है... इसे निर्दोष होते हुए भी ये सब सहना पड़ेगा।'' कहते हुए उनके चेहरे पर पश्चाताप के भाव उभर रहे थे। उन सभी की ये सद्भावनाएँ मुझमें अपूर्व शक्ति का संचार कर रही थीं। तब मैंने उनसे कहा था,

''आप मेरी चिंता न करें; ये याज्ञसेनी इतनी दुर्बल नहीं है; मैं धैर्य पूर्वक अपने लिये उपयुक्त कार्य चुनकर, अपने दायित्व निभा लूँगी और फिर आप सभी साथ तो हैं ही।'' मेरे वचन सुनकर उन्हें संतोष तो हुआ, मगर वे दुःखी भी थे, ये मैंने महसूस किया था।

इस पुरुष-प्रधान समाज में जहाँ नारी केवल भोग-विलास, संतति और सेवा के लिये हो, वहाँ एक नारी का इतना सम्मान, कि वह पति के कंधों पर सवार हो, वो भी प्रेम की परिणति के रूप में... इससे सुखद मेरे लिए और क्या हो सकता था। धर्मराज ने वन में चलते समय मुझे कष्ट में देखा तो अर्जुन से कहा था,

''अर्जुन! पांचाली को कंधों पर उठा लो; इसके कोमल चरण, इन दुर्गम पथों के लिये उपयुक्त नहीं हैं।'' सुनकर, अर्जुन ने मुझे सहर्ष उठा लिया और प्रसन्न होकर चलने लगे थे। चाँदनी के प्रकाश में नहाया वन्यप्रदेश कितना उन्मादी लग रहा था। मेरे हृदय में प्रेम तो जैसे उमड़ा आ रहा था। अर्जुन के स्नेहिल वार्तालाप ने यात्रा को सहज बना दिया था। मैंने हस्तिनापुर की द्यूतसभा में मनुष्य का ऐसा घृणास्पद और क्रूर चेहरा देखा था कि उस घटना की स्मृति होने पर देह सुलगने लगती है; इसके विपरीत,

प्रेम से परिपूर्ण ये पाँच पुरुष, जिन्हें पाकर पांचाली संपूर्ण हो गई थी। ...नहीं तो इतनी प्रताड़ना और अपमानित होकर कोई भी स्त्री जीने के स्थान पर मृत्यु का वरण करने में संकोच नहीं करती। मेरा प्रेम और सेवाभाव ही था, कि मैं इन पाँचों भाइयों के हृदय की स्वामिनी थी।

वहाँ पहुँचकर धर्मराज, कंक बनकर विराट नरेश के साथ चौसर खेलने लगे थे। भीम ने वल्लभ बनकर रसोई के कार्य का सम्पूर्ण भार उठा लिया था। नकुल, अश्वपाल और सहदेव गोपालक बन गये थे। अर्जुन के लिए तो शाप भी वरदान हो गया था; उसने बृहन्नला का रूप धारणकर, उत्तरा को नृत्य-गायन सिखाना आरंभ कर दिया था। मैं भी सैरंध्री बनकर महारानी का श्रृंगार करने लगी थी।

यहाँ भी मुझे अनेक परीक्षाएँ देनी पड़ी थीं। मेरा सौन्दर्य, महारानी सुदेष्णा के मन में असुरक्षा की भावना भर रहा था। उन्हें, मुझ पर महाराज के मोहित होने की आशंका थी। मुझे देखकर उन्होंने कहा था,

''सैरन्ध्री! तुम उत्तम केश और स्तनों वाली हो; तुम्हारे स्तन और नितंब कठोर हैं; तुम्हारा गला शंख के समान, भौंहें वक्र, कमर पतली और लाल होंठ हैं... तुम सुलक्षणा हो और तुम्हारी नाड़ियाँ भी नहीं दिखतीं हैं। ऐसे चंद्रमा के समान मुख वालीं दासियाँ नहीं होतीं, तुम कौन हो? अपना परिचय दो।''

स्त्रियों में ईर्ष्या, नैसर्गिक होती है; इसीलिए एक स्त्री को अपनी प्रशंसा किसी दूसरी स्त्री से सुनकर जो संतोष मिलता है, वो पुरुषों के कहे पर भी नहीं मिलता। मैं गर्व से भर गई थी, परंतु दूसरे ही क्षण मन में भेद खुलने का भय आ गया था। तभी मैंने पाँच गंधर्व पतियों की पत्नी और कठिनाइयों का एक नाटक रच दिया। महारानी ने संतुष्ट होकर मुझे स्वीकार कर लिया था। जीवन के रंगमंच पर समय, नित्य नये अभिनय सिरज रहा था और हम भी उसी के इशारे पर नृत्य कर रहे थे।

जिन हाथों में कठिन अस्त्र-शस्त्र और वैभव के चिन्ह हुआ करते थे, उनमें कुछ और ही था; सब समय का खेल और किये कर्मों के परिणाम थे। यहाँ कुछ समय तो शांति से गुजरा, मगर मेरा रूप एक बार फिर मेरे लिए

अभिशाप बन गया था। विराट का सेनापति और महारानी का भ्राता, कीचक, मेरे रूप पर मोहित हो गया था; वह मुझे प्राप्त करने के लिए नित्य नये प्रयास कर रहा था, मगर मेरे लिये उसके समस्त कृत्य महत्वहीन थे। मेरी उपेक्षा से प्रताड़ित होकर, उसने महाराज के समक्ष मुझे प्रताड़ित भी किया। वहाँ धर्मराज भी थे, मगर वो परिस्थितिवश मौन रहे; महारानी भी दुष्ट कामातुर कीचक का पक्ष ले रही थीं। मुझे अपनी रक्षा हेतु भीम को बताना पड़ा और भीम ने उस दुष्ट कीचक को एक योजना के अनुसार मार डाला। दुर्भाग्य ने यहाँ भी मेरा पीछा नहीं छोड़ा। जटासुर के बाद अब कीचक भी मृत्यु को प्राप्त हो चुका था। अभी कुछ और थे, जिन्हें भी अब तक मृत्यु को प्राप्त हो जाना था, परंतु वो जीवित थे और मेरा प्रतिशोध भी।

कभी-कभी निराशा और हताशा की अवस्था में, मैं ईश्वर से पूछती थी, कि ये सब मेरे ही भाग्य में क्यों लिखा है? तब हमेशा निरुत्तर ही रहती और जब पतियों का मुख देखती तो फिर जीवन में नई ऊर्जा का संचार हो जाता।

कीचक के वध ने सब ओर हाहाकार मचा दिया था। उपकीचकों ने मुझ पर दोषारोपण किया और अपने साथ ले गये। तब पांडुपुत्रों ने आकर मेरी रक्षा की और उन्हें मृत्युलोक पहुँचाया और फिर सभी पुनः आकर अपना-अपना काम करने लगे।

अज्ञातवास का एक वर्ष भी पूर्ण होने को था, मगर कीचक वध की सूचना ने विराटनगर में हमारे होने की शंका, दुर्योधन के मन में पैदा कर दी थी और वह हमें खोजने का कोई अवसर खोना नहीं चाहता था, इसीलिये उसने विराट नगर पर चढ़ाई कर दी थी। उसी समय सुशर्मा ने भी आक्रमण कर दिया था, जिनसे युद्ध लड़ने के लिये विराट नरेश के साथ, अर्जुन को छोड़ चारों पांडुपुत्र गये थे।

उस समय विराट नगर के युवराज उत्तर के अतिरिक्त, महल में और कोई नहीं था। मैंने उसे युद्ध के लिये प्रेरित किया और सारथी के रूप में बृहन्नला को साथ ले जाने को कहा, जिसे महारानी ने नहीं माना था; परंतु जब मैंने उन्हें समझाया, तो विकल्प के अभाव में उन्हें मानना पड़ा।

दोनों युद्धों में विराट नगर की विजय हुई। मेरे हाथों में कौरवों के अंगवस्त्र थे, जो मुझे पूर्ण संतोष तो नहीं, परंतु भविष्य के लिए उम्मीद तो बँधा ही रहे थे। मुझे ज्ञात था कि जीत किसके प्रयास से हुई है, मगर धर्मराज के माथे से बहती रक्त की बूँदों ने मन विचलित कर दिया था। मैंने अर्जुन के देखने से पहले ही उसे पोंछ दिया था, वरना अनर्थ हो जाता। जब विराट नरेश को वास्तविकता का पता चला, तो उन्होंने बार-बार क्षमा-याचना करते हुए यथोचित आदर और सम्मान दिया। जब उन्होंने अपनी पुत्री उत्तरा के साथ अर्जुन के विवाह का प्रस्ताव रखा, तो अर्जुन ने ये कहकर ठुकरा दिया कि उत्तरा मेरी शिष्या है... परंतु अभिमन्यु के लिये उसे वधु रूप में स्वीकार भी कर लिया था।

समय ने युद्ध की कड़ियाँ जोड़नी शुरू कर दी थीं। उत्तरा और अभिमन्यु का विवाह ऐसी ही एक कड़ी थी, जिसमें सभी एकत्रित हुए और भावी समय में युद्ध हेतु मंत्रणा भी हुई। इन सब गतिविधियों के बीच, विवाह संपन्न हुआ। धर्मराज अब भी युद्ध के पक्ष में नहीं थे और वे जीवन यापन के लिए पाँच गाँव भी दिये जाने पर ही संतुष्ट हो जाते, मगर उन्हें वो भी नहीं मिले।

कौरवों की अंधी महत्वाकांक्षा, सब कुछ स्वयं के लिए ही चाहती थी और वही हुआ; दुर्योधन ने सुई की नोक बराबर भी भूमि देने से मना कर, संधि के समस्त मार्ग बंद कर दिये थे। अब अधिकारों के लिए युद्ध आवश्यक हो गया था। मुझे संतोष तो था, मगर क्रोध भी आ रहा था। मैं नहीं चाहती थी कि धर्मराज युद्ध टालने का प्रयास करें। मेरे खुले केश प्रतिशोध चाहते थे, अम्बा की अतृप्त आत्मा, शिखंडी के रूप में भीष्म की मृत्यु के लिये विकल थी; पिताश्री का प्रतिशोध और भ्राता धृष्टद्युम्न के जन्म की सार्थकता, केवल और केवल युद्ध से ही संभव थी। ऐसे न जाने कितने ही प्रतिशोध थे, जो वर्षों से इसी क्षण की प्रतीक्षा कर रहे थे।

क्षमा, धैर्य, त्याग और धर्म का आचरण करने वाले धर्मराज के लिए युद्ध का निर्णय कर पाना कठिन प्रतीत हो रहा था, फिर भी उन्हें युद्ध का निर्णय लेना ही पड़ा। मैंने स्पष्ट कह दिया था... अपमान मेरा हुआ है, केश

मेरे खींचे गये थे और मुझे एक वस्त्रा होने पर भी सभा में खींचकर लाया गया था; कर्ण ने मुझे वेश्या कहा और दुर्योधन ने मुझे अपनी जाँघ खोलकर दिखाई थी। एक स्त्री का अपमान होता रहा और किसी ने कुछ नहीं कहा, पूरी सभा मौन थी... अगर इन्हें इनके कुकृत्यों के लिये दंडित न किया गया, तो इतिहास पांडवों को कभी क्षमा नहीं करेगा; मेरे समस्त संबंधियों को ये संसार कायर कहेगा।

द्यूत सभा में दिये गये समस्त घाव, मेरे हृदय पर आज भी अंकित हैं। मुझे मेरे खुले केश पीड़ा पहुँचाते हैं; जब तक मैं कौरवों और उनके सहयोगियों का पतन न देख लूँ, तब तक मेरे हृदय को शांति नहीं मिलेगी। प्रतिशोध, परिणाम नहीं देखता; विजयी होता है या वीरगति को प्राप्त होता है। मेरे भीतर की औरत केवल प्रतिशोध चाहती थी और ...केवल प्रतिशोध।

युद्ध से पहले, संधि के अंतिम प्रयास हेतु, धर्मराज की पहल पर, सखा श्रीकृष्ण को शांति दूत के रूप में भेजने को सभी सहमत हो गये थे, परंतु मुझे कुछ और ही चाहिये था। मैं जानती थी कि दुर्योधन जैसा दुर्बुद्धि, धर्मसंगत आचरण कर ही नहीं सकता, परंतु मैंने इसका विरोध नहीं किया। जब श्रीकृष्ण जाने लगे तो मैंने उनसे कहा था,

"हे सखा! आपके लिये तो मैं भी सुभद्रा की तरह आपकी बहिन ही हुई और आप मुझे सखी भी कहते हैं; इसीलिये हस्तिनापुर जाने से पहले मेरे साथ हुये अत्याचार, अन्याय और अपमान को याद कर लेना; आपकी इस सखी ने बहुत पीड़ा भोगी है... आपने ही तो आकर इस अबला की रक्षा की थी और मैं कुछ नहीं कहूँगी, आप तो सर्वज्ञ हैं।" कहकर मैं मौन हो गई। तब सखा श्रीकृष्ण ने मुझे आश्वस्त किया था कि 'जो उचित होगा वही किया जायेगा और मैं स्वयं सदैव सत्य और धर्म के पक्ष में ही रहूँगा; वहाँ जाकर, पांडुपुत्रों के लिए, बुआ कुंती का आशीर्वाद भी प्राप्त पर लूँगा।" उन्होंने मुस्कराकर कहा था, इसीलिए मैं उनके शब्दों का आशय समझ गई थी और उनके हस्तिनापुर से लौटने की प्रतीक्षा कर रही थी।

दुर्योधन ने मामा शल्य और यादव सेना को अपने पक्ष में कर लिया था, मगर सखा श्रीकृष्ण, पांडुपुत्रों के ही पक्ष में रहे; उनके साथ से बड़ा

संबल और क्या हो सकता था... मुझे संतोष था। हस्तिनापुर में जो हुआ, उसने युद्ध होने पर जैसे मुहर ही लगा दी थी। वो दंभी, अहंकारी, नीच दुर्योधन, श्रीकृष्ण की सामर्थ्य और पराक्रम को कहाँ समझ सकता था; उसने उनका अपमान कर, बंदी बनाने का आदेश तक दे दिया था। तब उन्होंने जो चमत्कार दिखाये, सभी दंग रह गये। सभी ने दुर्योधन को भला-बुरा कहा और क्षमा-याचना की।

सखा, माता कुंती का आशीर्वाद लेकर लौट आये थे। उन्होंने माता कुंती की मंशा को जस का तस कह सुनाया था। वो भी न्याय और प्रतिकार चाहती थीं। द्रौपदी के प्रतिशोध की भावना को माता कुंती के शब्दों से और अधिक बल मिला। स्वयं श्रीकृष्ण ने युद्ध होने की घोषणा कर दी थी। शांति के सारे प्रयास विफल हो गए थे। उसके बाद रणनीतियाँ बनने लगी थीं और योद्धा अपने आयुध तैयार करने में जुट गए थे... सूर्योदय के साथ रणभूमि की ओर प्रस्थान जो करना था।

अंतिम विकल्प के तौर पर युद्ध होना अवश्यंभावी हो गया था। आज परिणाम भी समक्ष है। कीमत तो सभी ने चुकाई है।

कभी-कभी सोचती थी, कि शांति से रहने में ही सभी की भलाई है; क्षमा, धैर्य और संतोष, परम सुख के साधन हैं। धर्मराज भी तो यही कहते थे और मैं अपने हृदय को बदलने का प्रयास भी करती थी; परंतु तभी कोई ऐसी घटना घट जाती कि मैं फिर वहीं आ खड़ी होती। पुरुष अपनी नजरों से सिर्फ स्त्री की सुंदर देह ही देखता है और उसे ही पाने का प्रयास करता है... प्रेम से नहीं, बलात् या फिर छल से। मैं चाहकर भी प्रतिशोध की अग्नि को न बुझा सकी और समय हर बार प्रतिकूल हो गया। हर बार कुछ प्रण और बढ़ गए, जो सदैव चेतना को झुलसाते ही रहे। मन, शांति के लिये प्रतिकार की कामना करने लगा था। अब वो समय आ गया था, जब दोनों सेनाएँ आमने-सामने खड़ी थीं। भ्राता धृष्टद्युम्न, पांडवों की ओर से सेनापति नियुक्त थे और पितामह भीष्म, कौरवों की ओर से सेनापति थे। संतोष की बात ये थी कि युद्ध में सखा श्रीकृष्ण, अर्जुन के सारथी थे।

जो सिद्धांत और धर्म, बुरे से बुरे हालात में टिके रहें, वही सच्चे होते हैं। जो धर्मराज के लिए धर्मयुक्त कार्य था, वही भीम के लिये व्यर्थ की कवायद। युद्ध से पहले धर्मराज का युद्धभूमि में पितामह, गुरु आदि से अनुमति और आशीर्वाद प्राप्ति के लिये अकेले जाना किसी को अच्छा नहीं लगा था, परंतु युद्ध भूमि में औपचारिकताएँ और कर्तव्यों का निर्वहन उन्हें औरों से श्रेष्ठ बनाता है। दुर्योधन, अगर संधि के लिए एक भी मार्ग छोड़ देता तो धर्मराज युद्ध नहीं होने देते; जब उन्हें लगा कि अब युद्ध ही धर्म है, तभी वो राजी हुए थे। लालसाओं, स्वार्थों और वासनाओं से परे, धर्मराज के हाथ, आज अस्त्रों-शस्त्रों से सजे थे।

जिसका सारथी कर्मयोगी श्रीकृष्ण हों, उस अर्जुन ने भी मोह के वशीभूत होकर गांडीव रख दिया था, परंतु सखा ने सारे मोह-जाल तोड़कर, उन्हें निष्काम कर्म के लिये प्रेरित किया था। सचमुच, अपने संबंधियों से अधिकारों के लिये लड़ने से, विरक्ति का मार्ग कहीं अधिक श्रेयकारक प्रतीत होता है; परंतु सत्य, धर्म और न्याय की स्थापना करने के लिये तो युद्ध ही आवश्यक था। विरक्ति से आत्मोत्सर्ग तो हो सकता था, परंतु शांति, संतुलन और परिवर्तन के लिए युद्ध के अतिरिक्त कोई और मार्ग था ही नहीं।

इस युद्ध में कौरवों की ओर से लड़ने वालों में वो योद्धा अधिक थे, जिन्हें प्रतिज्ञाओं ने जकड़ा था, या फिर राजपरिवार के उपकारों ने; मगर उनके हृदय सदैव सत्य के पक्ष में ही रहे। पितामह भीष्म, मन में दुविधा, क्षोभ और बेबसी लेकर सेनापति बने थे। उन्होंने दस दिन युद्ध भी किया, मगर स्वयं ही अपनी मृत्यु का मार्ग भी प्रशस्त किया था। इस तरह अम्बा का प्रतिशोध पूर्ण हुआ और पितामह की, अपराधबोध से मुक्ति। पितामह जहाँ खड़े थे, उनके लिये मृत्यु से बेहतर कोई और मुक्ति का मार्ग था भी नहीं।

कभी-कभी प्रतिज्ञाएँ भी मनुष्य को इतना विकल्पहीन बना देती हैं, कि वह आत्मा की पुकार भी नहीं सुन पाता; वह स्वयं ही अपने कर्मों के द्वारा, अपने लिए इतनी गहरी लीकें बना लेता है, कि उसे जीवन-पथ पर आगे बढ़ते हुए, सत्य दिखाई ही नहीं देता। पितामह की देह में धँसे बाण, उनके लिये उतने पीड़ादायी नहीं थे, जितना कि उनके लिए अन्याय के साथ खड़ा होना था; तभी तो युद्धभूमि में शरशय्या पर पड़ी उनकी देह, स्वेच्छा से

प्राणों को धारण किये रही और कुरुवंश के सुख और उज्ज्वल भविष्य की कामना करती रही। जिस त्याग से वे कुरुवंश को यश-कीर्ति के उच्चतम शिखर पर देखना चाहते थे, उसका पराभव भी देखना पड़ा। समय की बिडम्बना देखिये, आज उसी ने हस्तिनापुर और उन्हें, कहाँ लाकर खड़ा कर दिया था।

युद्ध की रक्तरंजित भूमि पर, विजय की ओर पांडवों का ये पहला कदम था। कौरव सेना के सेनापति अब गुरु द्रोण थे, जिन्हें स्वार्थ और प्रतिशोध ने अपने ही प्रिय शिष्यों के समक्ष शत्रुवत खड़ा कर दिया था। व्यक्ति अपने जीवनकाल में स्वयं के अभावों को भरने और महत्त्वाकांक्षाओं की पूर्ति हेतु जो मार्ग चुनता है, वही उसे उसकी अंतिम गति तक ले जाता है; सद्गति या दुर्गति ये उसके चुनाव और कर्म तय करते हैं। निर्णय भले ही व्यक्ति ले, परंतु परिणाम, समय के पास सुरक्षित रहता है। अश्वत्थामा का दुर्योधन के पक्ष में खड़ा होना, गुरु द्रोणाचार्य की परवरिश और उनकी महत्वाकांक्षी प्रवृत्ति की देन था, जो उनके जीवन की सबसे बड़ी विफलता थी; इसका मूल्य, पिता और पुत्र दोनों को चुकाना पड़ा।

सेनापति द्रोणाचार्य, श्रेष्ठ योद्धा होने के साथ-साथ एक उत्तम व्यूह रचनाकार भी थे; उन्होंने चक्रव्यूह की रचनाकर, पांडवों के समक्ष एक कठिन चुनौती प्रस्तुत की थी, जिसमें अकेले, निहत्थे अभिमन्यु को द्रोण और उसके सहयोगियों ने मिलकर मारा था और स्वयं युद्ध धर्म से पथ-भ्रष्ट हो गए थे। ये एक गुरु के, गुरुत्व से चरम पतन का क्षण था।

उस दिन पांडुकुल ने, अर्जुन सुत अभिमन्यु के रूप में एक ऐसा शूरवीर खोया था, जिसने युवावस्था के प्रथम चरण में ही धर्म और सम्मान के लिए, आत्मबलिदान करने का साहस दिखाया था। उसके पश्चात, अर्जुन के प्रतिशोध ने जयद्रथ के प्राण ले लिये थे। गुरु द्रोण ने युद्ध-धर्म भंग कर, जो मार्ग प्रशस्त किया था, उसी के कारण उन्हें भी अपने प्राणों से हाथ धोना पड़ा था। भ्राता और पिताश्री का प्रतिशोध पूर्ण हुआ था, मगर वो कृत्य एक नये प्रतिशोध को जन्म दे गया था... अश्वत्थामा अपने पिता की मृत्यु से अत्यंत दुःखी था।

आपसी बैर, स्वार्थ और घृणा ने कुरुकुल को एक ऐसी स्थिति पर

छोड़ा था, जहाँ दोनों ओर से मरने वाले हर एक योद्धा के लिये, आँसू बहाने वाला केवल हस्तिनापुर और कुरुकुल ही था; अभी उसे न जाने कितना और रोना था।

पांडवों ने विजय की ओर दूसरा कदम रख दिया था। द्रोणाचार्य की मृत्यु के बाद सेनापति, कर्ण बने। दुर्योधन और दुःशासन अब भी जीवित थे। मैं अपने प्रतिशोध के पूर्ण होने की प्रतीक्षा कर रही थी। युद्ध में भीम द्वारा उनके अनेक भाई मारे जा चुके थे। भीम ने दुःशासन से युद्ध करते हुए उसे भूमि पर पटककर उसकी छाती चीर डाली थी और एक नर पिशाच की तरह, उसका ऊष्ण रक्त पान कर अपना प्रण पूरा किया। आज जब सोचती हूँ तो हृदय काँप जाता है, वो दृश्य कितना भयानक रहा होगा। वास्तव में प्रतिशोध और घृणा, मनुष्य को क्या से क्या बना देती है; मगर इसमें भीम का दोष क्या था; उसे ये सब करने के लिये बाध्य तो दुर्योधन के कृत्यों ने ही किया था।

हम तो सुख और शांति से ही जीवन जीना चाहते थे, परंतु न जी सके। हमारे कर्म, दूसरे के कर्मों पर कितने निर्भर होते हैं, ये हम तभी जान पाये, जब उसके परिणाम देखे और भोगे। कभी-कभी स्वयं के कर्तव्य, दूसरों के व्यवहारों के साथ कितने शीघ्र बदल जाते हैं, जैसे हमारा कोई निजी विचार या अस्तित्व ही न हो; धर्मराज इसके अपवाद रहे। भीम, जब दुःशासन की बाँह उखाड़कर लाया, तब मैंने भी उसके रक्त से अपने खुले केश धोये थे और मुझे भी भीम की तरह ही घृणा और ग्लानि की जगह आत्मसंतोष हुआ था। तब मन का कलुष पूरी तरह धुला नहीं था।

कर्ण, शापों और अपने कृत्यों के कारण पतन को प्राप्त हुआ। एक भीषण युद्ध के बाद, अर्जुन के तीरों ने उसके प्राण हर लिये थे। कौरव सेना को अब मद्रराज शल्य के संरक्षण में युद्ध करना था। युद्ध के अठारहवें दिन कौरवों के विनाश की अंतिम कड़ी, दुर्योधन के रूप में बची थी, मगर वही दुर्योधन, सेनापति शल्य के मरते ही भागकर कहीं छुप गया था। सभी आश्चर्यचकित थे। दुर्योधन जैसा योद्धा, कुलघाती होने का कलंक लेकर कैसे भाग सकता है, जबकि उसके लिए तो विजय के सारे मार्ग बंद हो चुके थे। अब लड़कर वीर गति ही उसके लिए अंतिम विकल्प था; मगर वह

पलायन कर चुका था, यही सत्य है। दोनों पक्ष उसे ही तलाश रहे थे।

पांडवों ने श्रीकृष्ण के साथ मिलकर उसे तलाश लिया था। वह भागकर एक तालाब मे छुप गया था। सखा श्रीकृष्ण ये जानते थे कि अहंकारी व्यक्ति की सबसे बड़ी कमजोरी, अहंकार ही होता है; उनके कहने पर भीम ने वहीं चोट की। वह तिलमिला कर बाहर आ गया था।

उसकी वज्र की देह, भीम पर भारी पड़ रही थी, तभी सखा ने भीम को उनका प्रण याद कराया। भीम ने उसकी जाँघ तोड़ दी थी और उसे मरने के लिए छोड़ दिया। पांडव युद्ध में विजयी हुए थे। बलदाऊ जी ने भीम के इस नियम विरुद्ध कार्य का विरोध किया था, मगर सखा ने उन्हें अपने तर्कों से शांत कर लिया। सचमुच धर्म की स्थापना, अधर्म का नाश किये बिना हो ही नहीं सकती थी। उसके लिये नियम जैसे छोटे साधनों की रक्षा के लिये, अन्याय के पक्ष में खड़े होना भी अधर्म ही होगा। जिसका दंड पितामह, द्रोण आदि भुगत चुके थे। मेरा प्रतिशोध पूर्ण हो गया था। मन विजय के उल्लास से भर गया था, मगर मन से अशांति अभी गई नहीं थी। शायद प्रतिशोध भी उतना सुख नहीं देता, जितना उसे पूर्ण करने के लिए प्रयास किया जाता है। एक क्षणिक सुख की तरह वह अवस्था शीघ्र ही बीत गई थी। जो खोया था उसका मूल्य प्रतिशोध से कहीं अधिक था, इसीलिए जल्द ही हृदय पीड़ा से भर गया था।

उस रात एक और प्रतिशोध के साथ एक प्रण भी अपने चरम तक पहुँचा था। अश्वत्थामा ने रात्रि में सोते भ्राता धृष्टद्युम्न की हत्या कर दी थी और मेरे पाँचों पुत्रों को भी पांडुपुत्र समझकर मार डाला था। उत्तरा के गर्भ पर ब्रह्मास्त्र से आघात किया था। युद्ध और प्रतिशोध की भयानकता और मनुष्य के पतन का इससे घृणित चेहरा तो हो ही नहीं सकता था। मैंने इस युद्ध के समाप्त होने के बाद भी बहुत कुछ खो दिया था। भाई, पुत्रों के शव देखकर मैं रोती विलाप करती रही। धैर्य, मन से लुप्त हो गया था। मन एक बार फिर प्रतिशोध की नई कड़ी के रूप में मुझसे जुड़ गया था। मैं चीखकर अश्वत्थामा की मृत्यु की कामना कर रही थी और पांडवों को उसकी हत्या के लिये प्रेरित। मेरा ही जीवन मुझे भार प्रतीत हो रहा था।

सखा पांड़वों के साथ अश्वत्थामा को पकड़ लाये थे और उसे

मणिविहीन कर दिया था, तत्पश्चात उसे सखा श्रीकृष्ण ने शापित कर अनंतकाल तक पश्चाताप और रिसते घावों की पीड़ा के साथ छोड़ दिया था। सखा ने उत्तरा के गर्भ को पुनः जीवनदान देकर पांडुवंश को एक नए प्रकाश और संभावनाओं से भर दिया था।

मेरे ही प्रतिशोध ने मुझे एक ऐसी पीड़ा दी थी, जिससे पार पाना अब मेरे वश में नहीं था। फिर भी जीना तो था और जो शेष था उसी से उज्ज्वल भविष्य की नींव रखनी थी। कई मानसिक द्वंद्वों और वाद-विवादों से जूझकर धर्मराज ने सिंहासन स्वीकार किया था। अब शायद समय ही इस पीड़ा से मुक्ति के लिए कुछ करे। यही सोचकर जीवन में हम आगे बढ़ने की कोशिश कर रहे थे, जिसमें सखा श्रीकृष्ण सदैव हमारे साथ थे।

प्रतिशोध, क्रोध बनकर किसके हृदय से पनपकर मूर्त रूप लेने को मचल रहा है, ये जानना बहुत मुश्किल कार्य है; परंतु सखा के लिये नहीं था। मनोभावों को पढ़कर समझना और उसी के अनुरूप रणनीति बनाने का कार्य उनसे बेहतर और कौन कर सकता था।

युद्ध में विजय प्राप्त कर हम सभी हस्तिनापुर के राज भवन में पहुँच गये थे और सभी से मिल रहे थे। वैधव्य की पीड़ा ने जिन नेत्रों को अश्रुओं के सागर में डुबो दिया था, उसकी नमी महलों की दीवारों पर भी झलक रही थी। माता कुंती, गांधारी सभी दुःखी और शोक में डूबीं थीं। जब पांडुपुत्र, महाराज धृतराष्ट्र के पास पहुँचे तो उन्होंने भीम को गले लगाने की इच्छा जाहिर की थी। तभी सखा के कहने पर भीम ने लोहे का पुतला आगे कर दिया। धृतराष्ट्र के बाहुपाश ने उसे चूर्ण कर दिया था और फिर, हा भीम! , हा भीम! कहकर पश्चाताप करने लगे थे।

हम सभी अवाक् देखते रह गए थे, परंतु सखा मुस्करा रहे थे। कितनी दूरदर्शिता थी उनमें और दूसरी ओर कितना भयानक प्रतिशोध। एक महत्वाकांक्षी पिता का क्षणिक आवेश या घोर घृणा; जो भी था, एक ही क्षण में गुजर गया और फिर पश्चाताप। क्या सचमुच सत्य का ज्ञान, मन के सारे कलुष धो देता है या फिर केवल क्षमा, शत्रु के मन से भी घृणा और द्वेष का सारा विष मिटाने में सक्षम होती है। परंतु जहाँ अहंकार और क्रोध है, वहाँ सुधार के समस्त मार्ग स्वयं ही बंद हो जाते हैं, जैसे दुर्योधन ने अपने लिए

किये थे।

इतने पर भी धर्मराज ने उन्हें वही मान-सम्मान दिया, जिसके वो हकदार थे। वो धर्मराज ही थे जिन्हें दूसरे के कर्म प्रभावित न कर सके; उन्होंने अपने मार्ग स्वयं निश्चित किये। अश्वत्थामा की मणि, महाराज धर्मराज के मुकुट की शोभा बढ़ा रही थी और पांडव-वंश अपने भविष्य की ओर देख रहा था... परीक्षित के रूप में परीक्षित।

7

द्रौपदी के मुख पर उदासी के सघन मेघ देखकर मेरा हृदय भी विचलित हो जाता था; जिसके लिए मुझे अमानवीय कृत्य करने में भी संकोच न हुआ था। आज वही द्रौपदी, समय की चोट से मर्मान्तक पीड़ा भोग रही है। विजय का इतना अधिक मूल्य चुकाना पड़ा, कि उसको पाने की खुशी ही खत्म हो गई। हम सभी सिर्फ कर्तव्यों को जी रहे थे। सहदेव और नकुल, हमेशा की तरह ज्येष्ठ के आदेशों का अनुगमन करते हुए अपने कार्यों में संलग्न थे और अर्जुन अब भी स्वयं को सँभालने का प्रयास कर रहा था... और मैं; मेरे सुख-दुःख तो आज भी सभी से जुड़े हैं।

भीम आज कुछ अधिक ही बेचैन से नजर आ रहे थे। युद्ध के तमाम संघर्षों और सतत् परिश्रम के बाद उनके लिये समय बहुत धीरे-धीरे व्यतीत हो रहा था। उनके लिये बल के स्थान पर बुद्धि का प्रयोग, उन्हें कुछ अधिक ही भावुक कर रहा था। युद्ध की रक्तरंजित भूमि पर संवेदनाओं के अंकुरण कहाँ होते हैं। सौ कौरवों को मारने वाले हाथ, दुःशासन की छाती चीरने और दुर्योधन की जाँघ तोड़ने वाले हाथ, उन अपनों के बारे में सोचकर कंपित हो रहे थे, जो अब नहीं हैं। घटोत्कच ने अर्जुन की प्राण-रक्षा हेतु अपना आत्मोत्सर्ग कर, भीम का सीना गर्व से चौड़ा कर दिया था। ऐसा ही बहुत

कुछ था, जो भीम के हृदय को मथ रहा था।

प्रतिशोध, केवल क्षणिक सुख के अतिरिक्त कुछ भी नहीं है; ये वो सुख है, जिसकी जड़ों में पीड़ा की अनुभूतियाँ समायी होती हैं। प्राणहंता से प्राण-रक्षक का स्थान सचमुच कितना श्रेष्ठ होता है... सही मायनों में ये भी सर्जक ही हैं। अगर भीम के प्राणों की रक्षा, दुर्योधन के दिये हुए विष से न हुई होती, तो सब वहीं खत्म हो जाता; मगर मैं जीवित रहा, शायद इसी युद्ध के लिये... और इन आततायियों के विनाश के लिए भीम का होना जरूरी था। जहाँ बल, बुद्धि, विवेक और सद्भाव के साथ धर्म हो, तो उसे कौन हरा सकता है? हम पाँचों भाई भी तो कुछ ऐसे ही थे।

जिसका अहंकार खंडित नहीं होता, वो स्वयं ही खंड-खंड हो जाता है। शक्ति, सिर्फ शासन करने के लिए नहीं होती; उसे समाज में संतुलन स्थापित करना होता है, ये मैंने बल और बुद्धि के निधान, पवनपुत्र हनुमान से सीखा था। उन्होंने एक क्षण में मेरे अहंकार को मिटा दिया था, मगर अब मेरे समक्ष कुछ प्रश्न हैं, जिनके उत्तर ही मेरे मन को शांति प्रदान कर सकते हैं और ये मुझे स्वयं ही करना है।

पाँच वीर पतियों के होते हुए भी पांचाली ने कितना कुछ सहा; जयद्रथ, कीचक जैसे कामुक दुराचारियों से मैंने उसकी रक्षा की। जिन स्त्रियों के पतियों में इतनी सामर्थ्य नहीं होती है, उन्हें न जाने कितना कुछ सहना पड़ता होगा। मैंने जो उनके प्राण हर लिये, तो ठीक ही किया और पांचाली के साथ और भी स्त्रियों के शील की रक्षा की; यही बल का सही धर्म है।

मैंने एक बार भ्राता युधिष्ठिर से पूछा था,

''चारों ओर फैली इस उदासीनता के बीच आप स्वयं को कैसे शांत रख लेते हो?'' तो उन्होंने बड़ी ही सहजता से कहा था।

''जिस कर्म को धारण करो, उसका पूरी निष्ठा और ईमानदारी से निर्वहन करो और जब इसमें सत्य, धर्म और विवेक का समावेश हो जायेगा, तब सारी दुविधाएँ और सारे क्लेश स्वयं ही नष्ट हो जायेंगे।''

''और परिणाम...?'' मैंने पूछा था, तो कुछ समय मौन रहे, फिर कहने लगे,

''उसके बाद परिणाम उतने महत्वपूर्ण रहते ही कहाँ हैं, जितने कि कार्य और कर्तव्य हो जाते हैं; लक्ष्य सामने हो तो भटकन, अपने आप ही नष्ट हो जाती है।''

उस समय तो मुझे कुछ समझ नहीं आया था, परंतु आज वो सब बातें स्मरण करके मन, शांति का अनुभव कर रहा था; क्योंकि जो हुआ वो जरूरी था और धर्म भी... तभी तो एक मार्गदर्शक के रूप में श्रीकृष्ण हमारे साथ थे।

भ्राता युधिष्ठिर के पास धैर्य और धर्म था और मेरे पास बल; जिसे उन्होंने प्रतिशोध की अग्नि में जलने के बाद भी, अधर्म की राह पर नहीं जाने दिया। उनके प्रेम और त्याग ने, मेरे क्रोध को सदैव नियंत्रण में रखा और मेरे कटु वचनों को मेरी भूल समझकर क्षमा करते रहे। मैंने द्यूत के बाद उनके मुख पर और हृदय में असीम-पीड़ा के चिन्ह देखे और महसूस किये थे... शायद यही उनके अपराधबोध के फलस्वरूप उपजी आत्मग्लानि थी। लाक्षागृह के अग्निकांड के बाद, जब हम छद्म-वेश धारण-कर वन में रहे थे, तब उनके मुख पर तनिक भी क्षोभ नहीं था। मैं भी उन्हें कटुवचन कहकर पश्चाताप कर लेता था और वो सहज ही मुझे क्षमा भी कर देते थे।

आज अपने पतियों और पुत्रों को लेकर रोती बिलखती स्त्रियों को देखकर मुझे भी घटोत्कच की माता का स्मरण हो आया था। उसने भी तो अपना वीर और मायावी पुत्र खोया था। पता नहीं उससे किसी ने सहानुभूति से भरे कुछ शब्द कहे भी होंगे या नहीं। सचमुच प्रेम कितना बदल देता है, मुझे अच्छी तरह याद है। जब हिडिम्बा ने मुझसे विवाह और प्रणय-निवेदन किया था, तो मैंने उसके रहन-सहन और राक्षसी व्यवहार के कारण ठुकरा दिया था, परंतु उसने स्वयं को बदलने में तनिक भी देर नहीं की और मेरी हर शर्त को स्वीकार किया; तब मैंने उसे प्रणय-सुख और पुत्र दोनों ही दिये थे।

इस युद्ध के लिये मैंने उससे, उसका पुत्र ले लिया था। मैं तो उसके जन्म में सहायक ही था, परंतु उसकी माता-पिता तो वह स्वयं ही थी। इस

धर्म-युद्ध में वो भी अपनी आहुति देकर स्वर्ग चला गया। सचमुच, प्रेम बिना किसी अपेक्षा के कितना त्याग करता है।

कभी-कभी लगता था कि मैं दुष्टों के संहार के लिये ही जन्मा हूँ। पहले हिडिम्ब, फिर बकासुर और न जाने कितने नराधम मेरे हाथों मारे गये थे। जब भी सुख के क्षण आये, उनसे पहले हमें युद्ध की भीषणता के दर्शन हुए। अर्जुन ने द्रौपदी को स्वयंवर में जीता, तब भी हमें युद्ध लड़ना पड़ा था। दूसरे के सुख से जो सदैव ही दुःखित होता रहा हो, उसके पास जो है, उसे वह प्रसन्नचित्त होकर कभी भोग ही नहीं सकता।

कभी-कभी समस्त जीवन ही युद्ध-सा प्रतीत होता था। द्रौपदी को धर्म ने पाँचों की पत्नी बना दिया, परंतु हमें उसके निर्वहन में स्वयं से ही युद्ध लड़ना पड़ा; तब कहीं सुख से साक्षात्कार हुआ। द्रौपदी भी धर्म के लिए, स्वयं एक से पाँच हो गई और उसके लिए हम, पाँच से एक। उसका कर्तव्योचित प्रेम और सेवाभाव, उसके अपार रूप-सौंदर्य का सदैव अतिक्रमण करता रहा; इसीलिये हम मानवीय दुर्बलताओं से ऊपर उठ सके। हमारा प्रेम अनेक आशंकाओं के बाद भी अक्षुण बना रहा। द्रौपदी हम सभी के लिए पत्नी, प्रेयसी से भी कहीं अधिक थी। वन्यप्रदेशों की कठिनाई हो या राजप्रसाद का भोग-वैभव, द्रौपदी सदैव एक-सी ही रही। उसका संपूर्ण व्यक्तित्व हम पांडवों के लिये किसी धुरी से कम नहीं था।

समय ने मुझे प्रतिशोध और क्रोधाग्नि में इतना जलाया कि भीम स्वयं वही हो गया। आज शांति भी रिक्तता का बोध कराती है। वो तो द्वारिकाधीश का सान्निध्य ही है, जो हर अंधकार को प्रकाश की एक किरण से मिटाने की सामर्थ्य रखता है। उनका मार्गदर्शन, सदैव निराशा और हताशा के गर्त से निकालकर, पुनः संघर्ष और सृजन के लिये प्रेरणा-स्रोत बन जाता है; उनके बिना इस धर्मयुद्ध का विजेता बनना मुश्किल ही था।

भीम, इसी आत्ममंथन में लीन थे, तभी वहाँ से युधिष्ठिर गुजरे और उन्होंने भीम को स्वयं में खोये देखा तो टोकते हुए कहा,

"क्या बात है भीम! कोई समस्या है?"

"नहीं भ्राता, बस भीतर की रिक्तता को स्मृतियों के मंथन से भरने का

प्रयास कर रहा था।'' वर्तमान में लौटते हुए भीम ने कहा। सुनकर युधिष्ठिर मुस्कराये।

''भ्राता, एक प्रश्न मन में बार-बार आ रहा है, आज्ञा हो तो पूछें!''

''क्यों नहीं; मेरा जीवन तो प्रश्नों के उत्तर खोजते ही बीता है।''

''धर्म क्या इतना कमजोर होता है कि स्वयं अपनी रक्षा भी नहीं कर पाता है? अधर्मी, सुख भोगता है और जो धर्म की राह पर चलता है, वह जीवन में बहुत दुःख पाता है।

''सुनो भीम! धर्म जब तक व्यक्तिगत है, वह स्वयं रक्षित ही होता है, क्योंकि वो धारक की व्यक्तिगत क्षमता और मानसिक-दृढ़ता पर आश्रित होता है; परंतु जब उसी धर्म का अनुसरण करने वाले अनेक हो जायें, तब उसका रक्षण, सिद्धांतों, नियमों के द्वारा जरूरी है... ये उस धर्म के आदर्शों की स्थापना है। धर्म, मनुष्य के कर्म से जुड़ा होता है, इसीलिये किये गए कर्म महत्वपूर्ण हो जाते हैं। जैसे तुमने अपना धर्म, युद्ध और प्रतिशोध चुना था, उसी तरह तुम्हारे साथ खड़े रहना, हम सभी का धर्म था। द्यूतक्रीड़ा और उससे उत्पन्न दुःख में भी तुम सभी मेरे साथ खड़े रहे, ये तुम्हारा भ्रातृ-धर्म था और तुम्हारे हर कृत्य में, मेरा तुम्हारे साथ खड़ा रहना, मेरा भ्रात धर्म था। भाई, भाई के साथ सुख-दुःख में सहयोगी और साथी रहे, यही भ्रातृ धर्म का मुख्य नियम है। ऐसे ही सभी धर्म हैं; जो जिसे आत्मसात करता है, वही उसके रक्षण के लिये उत्तरदायी होता है; यही अनुसरण, समाज में सत्य, स्थिरता और सकारात्मकता बनाये रखते हैं।

मानवता के सर्वमान्य सिद्धांतों और मूल्यों के विरुद्ध आचरण करना ही अधर्म है... और रही बात सुख-दुःख की, तो ये स्वभावगत और व्यक्तिगत कर्मों पर ही आधारित होता है। यहाँ मनुष्य आत्मोत्थान चाहता है या फिर ऐन्द्रिक क्षणिक सुख।'' कहकर युधिष्ठिर चुप हो गये।

''अब तक मैंने जो भी किया, वो सब मेरा ही चुना हुआ था?'' भीम ने कहा।

''हाँ भीम; तुम उन्हें, उनके कुकृत्यों के लिये क्षमा भी कर सकते थे,

परंतु तुमने दंड़ को चुना; चूंकि तुम्हारे निर्णय में जनकल्याण, मानवीय संवेदनाओं और मूल्यों का समावेश था, इसीलिये तुम्हारे द्वारा की गई हिंसा भी धर्म की ही श्रेणी में रखी जायेगी और यदि यही कार्य तुम निजी हित और स्वार्थ से प्रेरित होकर करते, तो ये अधर्म हो जाता। सामर्थ्य जब अपने उत्तरदायित्व का बोझ, पूरी निष्ठा और जनकल्याण की भावना के साथ उठाती है, तो व्यक्ति के कर्म स्वयं आदर्श बन जाते हैं। धर्म-रक्षार्थ जो तुमने किया है, यही बल की आदर्श परणिति है।'' सुनकर भीम मौन होकर मुस्करा रहे थे। उन्हें संतुष्ट देख युधिष्ठिर भी आगे बढ़ गये। भीम अब भी आसमान के शून्य में कुछ और खोजने का प्रयास करने लगे थे। तभी कुछ स्मरण करते हुए उनके होंठ हिले।

''माता गांधारी ने पुत्र मोह में अपना प्रण तोड़ते हुए, दुर्योधन की देह को वज्र का बना दिया था, मगर उसके चरित्र की तरह ही उसकी देह भी कमजोर रह गई थी; मुझे, द्वारकाधीश ने स्वयं दुर्योधन की उसी कमजोरी पर प्रहार करने के लिए प्रेरित किया था, वरना पता नहीं क्या होता... यदि सचमुच दुर्योधन अजेय हो जाता तो...? परंतु अधर्म तो अहंकार को ढोते-ढोते स्वयं ही मर जाता है; उसमें वो आत्मबल होता ही कहाँ है, जो यथार्थ को सहज ही स्वीकार कर ले। ...और फिर जिसके साथ श्रीकृष्ण जैसा मार्गदर्शक हो, उसकी विजय पर किसी मूढ़मति को ही संदेह होगा।

जरासंध को मारना, अकेले मेरे बस में नहीं था; सारी युक्ति तो केशव के ही पास थी; तभी तो विजय पांडुपुत्रों के हिस्से में आई। सिर्फ एक ही चीज थी, जिस पर भीम कभी विजय प्राप्त नहीं कर सका। भीम को भोजन की आवश्यकता महसूस हो रही थी। उन्हें द्रौपदी का स्मरण हो आया था। उनके कदम रसोईं की तरफ बढ़ चले थे। अभी बहुत कुछ करना शेष था।

8

युद्ध के भीषण नरसंहार के बाद भी, गांडीव और अक्षय-तुणीरों के प्रति मेरी अशक्ति कम नहीं हुई थी। गांडीव का मेरे पास होना ही मेरे सर्वश्रेष्ठ होने का प्रमाण बन गया था। इस सर्वश्रेष्ठ की जंग ने मुझे न जाने कितनी बार ठगा है, परंतु फिर भी मैं स्वयं को उस रूप में स्थापित करने के लिए सदैव तत्पर रहा हूँ। आज जब सर्वश्रेष्ठ होने के वास्तविक अर्थों के बारे में सोचता हूँ तो सत्य और धर्मयुक्त आचरण की आवश्यकता महसूस होती है; केवल शौर्य ही महत्वपूर्ण नहीं है... इसके अभाव में श्रेष्ठता, क्षणिक होकर रह जाती है। मेरे जीवन में कई बार ऐसे क्षण आये, जिन्होंने मुझे स्वयं के बारे में सोचने के लिए बाध्य कर दिया। मेरा सर्वश्रेष्ठ होना, कभी-कभी मुझे ही खंडित प्रतीत होने लगता था।

गुरु द्रोणाचार्य का मुझे स्नेह प्राप्त था, जो मुझे मेरी लगन और धनुर्विद्या के प्रति समर्पण के फलस्वरूप मिला था। जब भी मुझे कोई सर्वश्रेष्ठ धनुर्धर कहता, तब मुझे एकलव्य की स्मृति अनायास ही हो आती। आज भले ही वह एक श्रेष्ठ धनुर्धर न रहा हो, परंतु उसने अपनी कलात्मक प्रतिभा और श्रेष्ठता तो उसी दिन सिद्ध कर दी थी, जब उसने कुत्ते का मुख, बिना उसे चोट पहुँचाये बंद कर दिया था; उस समय मेरे समक्ष, वह एक

श्रेष्ठ धनुर्धर के रूप में खड़ा था। उसकी प्रतिभा को नकारने का साहस, स्वयं गुरु द्रोण में भी नहीं था; अगर कहीं होता, तो वह गुरु, दक्षिणा में उससे अँगूठा नहीं माँगते।

श्रेष्ठता, साधनों की आश्रित नहीं होती; वह तो एक गुण है। एकलव्य ने तत्क्षण गुरु दक्षिणा में अँगूठा देकर अपनी वैचारिक और धार्मिक दृढ़ता सिद्ध कर दी थी। सचमुच वह सर्वश्रेष्ठ था; इतिहास सदैव उसका स्मरण उसी रूप में करेगा। वह सहज ही आदर्श बन गया। गरीब के तीर कहाँ सिंहासन जीतते हैं; परंतु उसका ये कृत्य उसे अमरत्व प्रदान कर देगा, ये तो गुरुदेव ने भी नहीं सोचा होगा। उसने गुरु के प्रति सम्मान और श्रद्धा का जो उदाहरण प्रस्तुत किया है, वो सदैव अनुकरणीय रहेगा।

उस समय मन में कई बार ये प्रश्न उठा कि गुरुजी ने एकलव्य के साथ ये अन्याय क्यों किया? परंतु कोई तर्क मेरे मन को संतुष्ट न कर सका। कुछ समय बाद ये घटना विस्मृत हो गई और सिर्फ अभ्यास ही याद रहा; मुझे सर्वश्रेष्ठ धनुर्धर जो बनना था।

दूसरा कर्ण... परंतु वह अपनी सोच और महत्वाकांक्षा के कारण ही नष्ट हो गया। भले ही वह एक सर्वश्रेष्ठ योद्धा के रूप में याद न किया जाये, परंतु दानवीर कर्ण के रूप में सदैव याद किया जायेगा। सूर्यदेव के रोकने पर भी उसने सब कुछ जानते हुए भी, देवराज इन्द्र को कवच-कुंडल दान में दे दिये थे। अधर्म के सान्निध्य ने उसके प्रतिशोध को आधार तो दिया, परंतु पूरी तरह से उसके मानवीय गुण न छीन सका। श्रेष्ठता, समग्रता लिये हो, तो स्थायित्व देती है और यदि अहंकार लिये हो, तो पराभव का कारण बन जाती है; शायद कर्ण, स्वयं को दूसरे की ऊँचाई से नापते-नापते ही खत्म हो गया। वह किसी एक जगह पर खड़ा होकर विशालता को प्राप्त कर ही नहीं सका।

जीवन, युद्ध के अतिरिक्त भी बहुत कुछ होता है; जहाँ प्रेम, नवसृजन के द्वार खोलता है और धर्मयुक्त आचरण, मनुष्य को देवत्व तक ले जाने की सामर्थ्य रखता है। एक प्रेम ही था, जो हम पाँचों भाइयों को आपस में जोड़े रहा। लाक्षागृह की अग्नि हमें भस्म न कर सकी, परंतु समय की प्रतिकूलता और मार्ग के अवरोधों ने प्रतिशोध की अग्नि को सदैव हमारे भीतर जलाये

रखा, जिसे दुर्योधन का हर एक अन्याय और भीषणता प्रदान करता गया। हम सभी इसमें झुलस रहे थे और ये हमारे बीच के प्रेम और हमारे धर्माचरण की परीक्षा लेता रहा। धर्म और धैर्य की प्रतिमूर्ति भ्राता युधिष्ठिर, हम सभी को धैर्य और आत्मसंतोष की शिक्षा देते हुए सदैव धर्म पर चलने के लिये प्रेरित करते रहे; तभी तो हम भिक्षा माँगकर भी प्रेम और सौहार्द्रपूर्ण तरीके से रह लेते थे।

समय एक मार्ग बंद करता है तो दूसरा खोल भी देता है; हमारे लिये वो मार्ग था द्रौपदी का स्वयंवर, जहाँ मैंने अपनी धनुर्विद्या के बल पर द्रौपदी को जीत लिया था और भीम के बाहुबल के साथ उन सबको पराजित किया था, जो इस जीत को पचा नहीं पाये थे। एक ब्राह्मण कुमार उनकी उपस्थिति में स्वयंवर जीत लेगा, ये सोचकर ही उनके अहं क्षत-विक्षत पड़े थे।

जिस समय को मेरे लिये प्रसन्नता और उमंग से भरा होना चाहिए था, उसे हमारे तनिक से विनोद ने पीड़ा और कई धर्म-संकटों से भर दिया था। हम द्रौपदी के साथ कुटी के द्वार पर खड़े थे।

''देखो माता, हमें आज भिक्षा में क्या मिला है!''

''जो भी मिला हो उसे पाँचों भाई मिलकर आपस में बाँट लो!'' माता कुंती ने बिना देखे ही कह दिया था। हम पाँचों भाई आश्चर्य से एक दूसरे का मुख देख रहे थे।

''माता, ये तुमने बिना देखे क्या अनर्थ कर डाला!'' कहते हुए भ्राता युधिष्ठिर के मुख पर चिंता की गहरी रेखाएँ उभर आईं थीं। वास्तविकता और स्थिति की गंभीरता को समझ, माता पश्चाताप कर रही थीं। कहे शब्द लौटाये जा सकते, तो वे एक क्षण की भी देर न करतीं, मगर तीर धनुष से छूट चुका था।

हम सभी के मन, आशंकाओं और वेदना से भर गये थे। हमारे बीच का प्रेम, त्याग की कसौटी पर कसा जाना था, जिसके लिए सभी तैयार थे और मैं मौन... मेरे पास कहने को कुछ भी नहीं था। द्रौपदी मेरी ओर बड़े ही कातर भाव से देख रही थी; शायद वह भी मेरी बेबसी को महसूस कर रही थी। हृदय में उमड़ते प्रेम को प्रत्यक्ष होने का समय भी हमें भाग्य ने नहीं

दिया। ये तो मेरे भाग्य का ही दोष था, कि द्रौपदी मेरे हृदय की स्वामिनी बनने आई थी और अब वस्तु की तरह विभाजित होने को मौन खड़ी थी।

मेरे भाई, इस धर्मसंकट से निकलने के लिये सब कुछ त्यागकर वन गमन को तैयार थे, मगर एक भाई के रूप में मैं और माता, अपयश के भागी बनने को तैयार नहीं थे। द्रौपदी भी ये जानकर कि हम पाँचों ही पांडुपुत्र हैं, वह भी ये नहीं चाहती थी कि हम बिखर जायें।

स्त्री के लिये लड़कर मरने वाले सहोदरों के उदाहरण हमारे सामने थे। मेरे भीतर द्वंद्व चरम पर था, जिसे मैं किसी से बाँट भी नहीं सकता था। एक ओर मेरा सुख, द्रौपदी के रूप में सामने खड़ा था, तो दूसरी ओर मेरे भ्राताओं और माँ के वचनों का सम्मान था। मेरे मुख से निकले शब्द, मुझे किसी एक के पक्ष में खड़े कर देते और दूसरे के विरुद्ध; मेरा ये कृत्य मुझे ही मेरे धर्म और कर्तव्यों से विमुख कर देता और यह स्थिति मेरे लिए मृत्यु-तुल्य पीड़ादायी होती, इसीलिये मैं ये सोचकर वन की ओर निकल आया कि सूर्य की पहली किरण मेरे लिये जो निर्णय सुनायेगी वो मुझे स्वीकार होगा। मुझे मेरे अपनों पर बहुत भरोसा था।

रात्रिकालीन चाँदनी के मद्धम प्रकाश के कारण, सघन वन में भी सब स्पष्ट नजर आ रहा था, मगर मेरे जीवन में छाये इस कुहासे के कारण मुझे सब कुछ धुँधला सा प्रतीत हो रहा था। वेदना का कुहरा निरंतर सघन होकर मुझे प्रताड़ित कर रहा था। मैं वहीं एक पाषाण शिला पर बैठा, स्वयं के अंतर्विरोधों से जूझ रहा था। ...आखिर मैं भी तो एक इंसान ही था, जो अपने मन और मानवीय कमजोरियों पर विजय पाना चाहता था। ये सब मेरे लिए बहुत कठिन था। उस एकांत में मेरे द्वंद्वों को समझने वाला कोई नहीं था। रह-रह कर द्रौपदी की स्मृति, देह में दाह पैदा कर रही थी। उत्तम आकार में ढली उसकी देह, सौन्दर्य का संपूर्ण संसार प्रतीत हो रही थी।

शत्रुओं से युद्ध लड़ना कितना सरल होता है... परंतु जहाँ हार-जीत अपने मायने खो दे, वहाँ संघर्ष और अधिक पीड़ादायी हो जाता है। सचमुच, अपनों और स्वयं से जूझना कितना कठिन हो जाता है और उससे भी अधिक कठिन हो जाता है इन परिस्थितियों में मनुष्य बने रहना। मैंने मादाओं के लिए वन्य पशुओं को लड़ते देखा है और मनुष्यों को भी; मगर

हमें इस सबसे ऊपर उठकर प्रेम और सौहार्द्र से परिपूर्ण विकल्प खोजना था।

निराशा के क्षणों में, मैं दैव को दोष दे रहा था, कि सिर्फ हमारे भाग्य में ही सुख क्यों नहीं है; क्यों कोई न कोई व्यवधान हमारे समक्ष आ खड़ा हो जाता है? उत्तर सिर्फ एक ही था- सत्य, प्रेम और आदर्श की स्थापना के लिये मूल्य तो चुकाना ही पड़ता है। मैं स्वयं को अधिक देर तक उस एकांत में न रख सका। मुझे रह-रह कर माता, द्रौपदी और अपने भ्राताओं की पीड़ा का स्मरण हो रहा था, इसलिए मैं भारी मन से कुटीर की ओर चल पड़ा।

वहाँ श्रीकृष्ण, धृष्टद्युम्न आदि मौजूद थे और महर्षि व्यासजी का भी आगमन हो गया था, जिसकी परिणति ये हुई कि द्रौपदी हम पाँचों भ्राताओं की पत्नी बन गई थी। हमारे लिए दांपत्य निभाने के कुछ कठोर नियम थे, जिन्हें हम सभी को पूर्ण निष्ठा के साथ निभाने थे। परिवार पर आया धर्म संकट तो टल गया था, परंतु मेरे हृदय में अब भी उथल-पुथल मची हुई थी।

मैं स्वयं ही अपने भीतरी ताप को तर्कों से शीतलता प्रदान करने का प्रयास करता रहा और शायद द्रौपदी भी यही कर रही थी, क्योंकि उसकी राह तो और भी कठिन होनी थी। प्रेम की उच्छृंखलता और आनंद की जगह हमें नियम-संयम और आदर्श पुरुष होने के प्रमाण देने थे।

समय ने हमें फिर हस्तिनापुर के राजप्रासाद में लाकर खड़ा कर दिया। बात अधिकार की आई तो फिर वही हुआ, जिसे हम सभी जानते थे। पांडुपुत्रों के हिस्से में खांडवप्रस्थ आया, जिसे श्रीकृष्ण की सहायता और अपने पुरुषार्थ के बल पर हम सभी ने इन्द्रप्रस्थ का निर्माण-कर सुख की कामना की थी... परंतु मेरे लिये तो समय ने कुछ और ही रचा था।

द्रौपदी और भ्राता युधिष्ठिर के एकांतवासीय कक्ष में रखा गांडीव और शरणागत ब्राह्मण को उसकी गौ रक्षा के लिये मेरा आश्वासन देना... धर्म ने फिर एक बार मुझे ही परीक्षार्थ चुना था और मैं भी बिना किसी परिणाम की चिंता किये गांडीव लेने चला गया था। सकुचाती पांचाली और आश्चर्यचकित भ्राता को देखकर, बिना कुछ कहे, मैं गांडीव लेकर लौट

आया था। मेरा हृदय, भीतर के ताप को जिस तरह महसूस कर रहा था, वो शत्रुओं पर काल बनकर टूटा। गायों की रक्षा कर मैं लौट आया था, मगर मन में विजयोल्लास जैसा कुछ भी नहीं था... मन में विकलता भरी थी।

शायद व्यास जी और देवर्षि नारद ने बहुत सोचकर ही ये नियम हमारे लिए निर्धारित किये थे। उन्हें ज्ञात था कि जिन मानवीय कमजोरियों ने बड़े-बड़ों को पतन के द्वार पर खड़ा कर दिया हो, उनसे पांडव कैसे बच सकते हैं। मैं, न तो उस जलन का प्रतिकार कर सकता था और न उससे बच सकता था। प्रेम की ये परिणति मेरे लिये किसी दंड से कम नहीं थी। हृदय भी कमाल की वस्तु है, जो एक क्षण में प्रेम से परिपूर्ण होकर कल्पनाओं के ऐसे महल खड़े कर लेता है, जिनसे मुक्त होना असंभव प्रतीत होता है। विवेक से बाहर के व्यवहार तो यथोचित हो जाते हैं, परंतु भीतर की उद्विग्नता शांत नहीं होती। मैं नियम भंग-होने पर नियमानुसार बारह वर्ष के वनवास में अपने मन की शांति तलाशने लगा था... शायद तभी मैं सभी से दूर रहकर धर्म पर दृढ़ता और विश्वास कायम रखने का प्रयास कर सकता था। ये युद्ध, मेरे और स्वयं मेरे ही अंतर्द्वंद्वों और विरोधों से था। मैंने स्वयं को इतना असहाय कभी भी महसूस नहीं किया था।

हम पाँचों भाई, द्रौपदी के मान-सम्मान और अधिकारों के लिये वचनबद्ध थे। हमारे बीच के प्रेम में क्षमा के लिये बहुत स्थान था। भ्राता युधिष्ठिर के साथ-साथ सभी ने परिस्थितियों का वास्ता देकर वन जाने से मुझे रोकना चाहा था, मगर मैं स्वयं ही जाना चाहता था। मैं मृगचर्म और वल्कल-वस्त्र धारणकर प्रस्तुत था। तब द्रौपदी ने मेरे पास आकर कहा था,

"ये द्रौपदी, सदैव पांडुपुत्र अर्जुन की दासी और हृदय की स्वामिनी रहना चाहेगी; मैं आपके हृदय की पीड़ा समझ सकती हूँ, इसीलिये रोकूँगी भी नहीं और आपको, मुझसे जुड़े उन सभी उत्तरदायित्वों से मुक्त करती हूँ, जो आपके सुख में बाधक बनें... आप दूसरे विवाह करने के लिये स्वतंत्र हैं।''

मैं मौन हो उसकी बात सुन रहा था। द्रौपदी के त्याग, धर्म और कर्तव्यों के प्रति समर्पण के कारण, उसका सम्मान और प्रेम मेरी दृष्टि में और बढ़ गया था। उपजी परिस्थितियों से सामंजस्य स्थापित करने और

सत्य को स्वीकारने के लिये, मुझे जिस समय की आवश्यकता थी, वो समय मुझे स्वयं समय ने ही दे दिया था। मैं राजप्रासाद का त्याग कर वन की ओर चल पड़ा था।

मेरे भीतर बहुत कुछ चल रहा था और अवस्था ऐसी कि जैसे कोई बच्चा अपनी प्रिय वस्तु, भ्राताओं में बाँट देने से फेंककर रोने लगता है; परंतु मैं तो अपनी पीड़ा प्रदर्शित भी नहीं कर सकता था। मैं स्वयं इस पीड़ा से उबरने हेतु तीर्थस्थानों और ऋषियों के सान्निध्य के लिये भटकता रहा और आत्मोत्सर्ग का प्रयास करता रहा। इस दौरान मुझे ये भी अनुभव हुआ कि जो वस्तु जहाँ से टूटती है, उसे वहीं से जोड़ा जा सकता है; इसीलिए जब नागकन्या उलूपी ने कामासक्त होकर मुझसे प्रणय-निवेदन किया, तो मैंने सहज ही उसे स्वीकार कर लिया। उसकी तप्त देह और रसयुक्त अधरों ने मेरे भीतर के समस्त ताप को शीतल अनुभूति में परिणत कर दिया था। मन की रिक्तता भरते ही, वेदना जैसे मिट-सी गई थी। कुछ समय उलूपी के साथ रहने के बाद मैं अपने पथ पर आगे बढ़ गया। मन, द्वंद्वों से बाहर आने लगा था। कुछ समय पश्चात उसने एक पुत्र को जन्म दिया। ये मेरे लिये सुखद समाचार था। जीवन तो नदी के जल की तरह बहता रहे तो निर्मल रहता है, परंतु ठहराव ही उसे संकुचित और गँदला कर समाप्त कर देता है। मैं अब बहती नदी के जल की ही तरह गतिमान था।

मेरी इस यात्रा में मणिपुर, एक सुखद पड़ाव था, जहाँ मैं कुछ देर ठहर गया था। राजा चित्रवाहन की पुत्री चित्रांगदा के अभूतपूर्व सौन्दर्य ने मेरा मन मोह लिया था। उसकी रूप लावण्य से परिपूर्ण और बड़ी ही कलात्मकता से तराशी देह में अद्भुत आकर्षण था। मैंने अपना परिचय देकर उसके पिता के समक्ष विवाह का प्रस्ताव रखा तो वे तैयार हो गये; मगर उनकी कुछ शर्तें थीं, जिन्हें मैंने स्वीकार कर लिया था। मन, धार्मिक जड़ता से मुक्त होने के लिये विकल्प तैयार कर रहा था। जो कर्म, व्रत, आचरण यदि सजा-तुल्य प्रतीत होने लगें, तो विकृतियों से बचने के लिए उनके विकल्प खोज लेने चाहिये, वरना स्वयं का ही अहित होता है, मैं ये भली-भाँति समझ चुका था। विवाह के बाद मैं कुछ समय तक वहाँ रुका रहा। संतान होने पर, चित्रांगदा और पुत्र को शर्तानुसार वहीं छोड़कर आगे बढ़ गया।

प्रेम, सचमुच त्याग चाहता है। मुझे द्रौपदी का स्मरण हो आया था और उसके कहे शब्दों का भी। वास्तव में प्रेम, निजता, स्वतंत्रता, समर्पण और त्याग से ही फलीभूत होता है; जो प्रेम, सीमित और संकीर्ण हो जाये, वो फिर प्रेम नहीं रहता, ये मैंने द्रौपदी से ही सीखा था। वनवास के अंतिम वर्ष द्वारिका में गुजरे। सुभद्रा से प्रेम, हरण और विवाह; जो द्वारकाधीश श्रीकृष्ण की इच्छा और कृपा के बिना संभव ही नहीं था, वो सब हुआ।

मेरे लौटने पर द्रौपदी और सुभद्रा ने एक दूसरे को जिस सहज भाव से अपनाया, उससे समस्त पीड़ा और पुराने द्वंद्व, सब मिट गये थे; भ्राताओं का साथ और माता का आशीर्वाद, सच्ची सुखानुभूति प्रदान कर रहा था।

द्यूतक्रीड़ा से पहले का समय सुख, समृद्धि और वैभव से परिपूर्ण रहा। सुभद्रानंदन अभिमन्यु और पाँचों द्रौपदी पुत्रों ने भविष्य के प्रति आशान्वित कर दिया था। द्यूतसभा में जो घटित हुआ, वह अक्षम्य था। भ्राता युधिष्ठिर और धर्म की मर्यादा का स्मरण न होता तो प्रलय आ जाती और फिर भीम को रोकना भी असंभव ही होता। मैं द्रौपदी का अपमान, मौन होकर सह गया था... मेरे लिये इससे बड़ी त्रासदी और क्या होगी। धर्म, मर्यादा और प्रतिशोध के मध्य, गांडीवधारी अर्जुन पिसता रहा। मेरा धैर्य और संयम ही भीम को नियंत्रित कर सकता था, ये सभी जानते थे।

द्यूतक्रीड़ा की पुनरावृत्ति ने हमें पुनः वन में धकेल दिया था। बारह वर्ष बीत गये थे। मैं अनेक अस्त्र-शस्त्रों को प्राप्तकर इसीलिए शीघ्र लौट आया था, ताकि द्रौपदी को उसके प्रतिशोध की अग्नि से मुक्त कर सकूँ, साथ ही उर्वशी से नपुंसक होने का शाप भी लेकर आया था; काम के प्रति आसक्ति को त्याग... ये संयमी अर्जुन का पुरस्कार था। धर्मपिता देवराज ने कहा था, ये शाप, अज्ञातवास को पूर्ण करने में सहायक होगा। अर्जुन बृहन्नला बन गया था। समय अपनी गति से आगे बढ़ रहा था।

कीचक-वध ने कौरवों के मन में संदेह के जो बीज बोये थे, वे विराट नगर पर आक्रमण के रूप में अंकुरित हुए थे; दूसरी तरफ सुशर्मा ने भी चढ़ाई कर दी थी। चारों भाई, विराट नरेश की सहायता के हेतु युद्ध में सम्मलित थे। समय ने द्रौपदी को कौरवों के विरुद्ध खड़ा होने का एक मौका दे दिया था, परिणाम-स्वरूप मैं उत्तर का सारथी बनकर रणभूमि की ओर

दौड़ा जा रहा था। प्रतिशोध, क्रोध का प्रचंड रूप लेकर मुझे जलाये जा रहा था। विशाल कौरव सेना देख, पलायन करते उत्तर को पकड़कर मैंने उसे अश्वों की लगाम थमा दी थी और मेरे हाथों में फिर गांडीव था, जिसकी टंकार से चारों दिशाएँ गुंजायमान थीं। भीषण युद्ध के बाद समस्त कौरव-सेना पितामह, गुरु द्रोण, कर्ण समेत रणभूमि में अचेत पड़ी थी। कौरव-पक्ष के योद्धाओं के उत्तरीय वस्त्रों को उत्तर के द्वारा उतारते देखा, तो इस कृत्य में उत्तरा की इच्छा से कहीं अधिक, मुझे द्रौपदी की पीड़ा और इच्छा नजर आ रही थी। मैं विजयोल्लास में नगर की ओर लौट रहा था।

हमारा वास्तविक परिचय जानने के बाद, विराट नरेश ने मेरे समक्ष, अपनी पुत्री उत्तरा से विवाह का प्रस्ताव रखा था और ये समय को देखते हुए हमारे पक्ष में ही था, परंतु मैंने अपने लिये अस्वीकार करते हुए पुत्र अभिमन्यु से कराने की इच्छा रखी, तो वे सहर्ष तैयार हो गये थे। विवाह हर्षोल्लास से संपन्न हो गया था। सुख के क्षण बीतते ही, अपने अधिकारों को प्राप्त करने के लिए प्रयास तीव्र हो गए थे। जीवन में अर्थ कितना आवश्यक होता है, ये अभाव ने हमें सिखा दिया था। भ्राता युधिष्ठिर अब भी शांति और समझौते के पक्ष में थे, जिसके लिये श्रीकृष्ण को शांतिदूत बनाकर भेजने पर मंत्रणा हो रही थी। तभी पांचाली ने आकर कहा था,

''मेरे खुले केश कैसे बँधेंगे धर्मराज? अपमान तो मेरा हुआ था और प्रतिशोध भी मेरा ही है; पाँच गाँव भोजन तो दे सकते हैं, मगर मेरे केशों की प्यास तो रक्त से ही बुझेगी... बात, राज-पाट, सुख-वैभव आदि की होती तो मैं भी संतोष कर लेती; इनके बिना प्रसन्नचित्त होकर वन में सभी के साथ रही हूँ, परंतु इस कृत्य का दंड तो कौरवों को भुगतना ही पड़ेगा; भूल के लिए क्षमा किया जा सकता है, परंतु अपराध अक्षम्य होते हैं।'' द्रौपदी के इन प्रश्नों, तर्कों के उत्तर किसी के पास नहीं थे। श्रीकृष्ण ने पांचाली को ये आश्वासन दिया था कि वही होगा, जो वह चाहती है। कुछ कार्य, धर्मार्थ और लांछनों से बचने के लिये भी करने पड़ते हैं।

समय, युद्ध की कड़ियाँ जोड़ रहा था। माता कुंती का संदेश और आशीर्वाद लेकर लौटे श्रीकृष्ण ने भावी युद्ध की घोषणा कर दी थी। दोनों पक्ष, धर्म और अधर्म के प्रतिनिधि के रूप में आमने-सामने खड़े थे। इस

युद्ध में सम्मिलित योद्धा भी अपने निजी स्वार्थों, संबंधों, उपकारों, मजबूरियों और वचनों से बँधे हुए और एक दूसरे के विरुद्ध लड़ने को सज्ज खड़े थे। आज मनुष्य सिद्धांतों, स्वार्थों और प्रतिशोधों के निमित्त सिर्फ साधन था और सहयोगी भी।

मानवीय मन की भी अजीब स्थिति है; दूर रहकर जो द्वेष और घृणा की ईंटों द्वारा निरंतर दीवार खड़ी करता रहता है, वही समक्ष आने पर उनके स्नेह और उपकारों को याद कर मोह में पड़ जाता है; मैं भी कुछ ऐसी ही स्थिति में दोनों सेनाओं के मध्य, कुरुक्षेत्र में खड़ा था। मन के घोड़े, कर्तव्य पथ से दूर भागने का प्रयत्न कर रहे थे और मेरे हाथ उनका वध करने के निमित्त गांडीव धारण करने से बच रहे थे; जिन्होंने कभी उँगली थामकर स्नेह दिया था, उन पर तीर चलाना कठिन प्रतीत हो रहा था।

तब श्रीकृष्ण ने सारथी का कर्म त्याग, एक गुरु और उत्प्रेरक की भूमिका का निर्वहन किया था। उन्होंने निष्काम कर्मयोग का जो उपदेश दिया था, उसके द्वारा ही मानवीय कमजोरियों पर केवल वैचारिक उत्कृष्टता, दृढ़ता और निष्काम कर्म से ही विजय पाई जा सकती है। ये नश्वर देह भले ही उस कीचड़ से जुड़ी रहे, परंतु जीवन के उद्देश्य, कमल के सदृश, उससे कहीं अधिक ऊपर शोभायमान होने चाहिये।

वास्तविकता से साक्षात्कार के बाद सब कुछ स्पष्ट हो गया था। दुर्योधन के पक्ष में खड़े हर व्यक्ति की अच्छाइयों पर, द्यूतसभा का घृणित कृत्य भारी पड़ रहा था। मन, प्रतिशोध की अग्नि से झुलसने लगा था। बेबस द्रौपदी का क्लांत मुख रह-रह कर समक्ष आ खड़ा होता और न्याय की माँग करने लगता। उसके खुले केश, विषधरों की तरह फुँकारकर मन को प्रताड़ित कर रहे थे। मेरी मुट्ठी गांडीव पर कस रही थी।

तत्पश्चात मेरे हाथ कभी नहीं काँपे; न पितामह को शरशय्या देने में और न किसी संबंधी का वध करने में। युद्धभूमि तो वो जगह है, जहाँ केवल शत्रु को मारना ही धर्म और कर्म है; किंतु इस युद्ध में कुछ हाथ ऐसे थे, जो हस्तिनापुर के भविष्य का वध न करने का प्रण ले चुके थे। इससे यही सिद्ध होता है कि ये युद्ध, धर्मयुद्ध के रूप में लड़ा जा रहा था। युद्ध में लगी प्रत्येक दैहिक और मानसिक चोट, पीड़ा के साथ-साथ क्रोध भी बढ़ा देती,

जिससे प्रतिशोध की भावना और बलवती हो जाती। अभिमन्यु की क्षत-विक्षत मृत देह देखकर ही मेरी मनःस्थिति पीड़ा और दुःख के चरम तक पहुँच गई थी। कितनी पीड़ा सही होगी उसने, ये सोचकर ही मेरी क्रोधाग्नि समस्त संसार को भस्म करने को तत्पर थी, मगर केशव ने उस क्रोध को नियंत्रित कर एक दिशा दी और मेरा प्रतिशोध पूर्ण हुआ।

एक ओर केशव स्वयं समय बन हमें राह सुझाते जा रहे थे, तो दूसरी ओर समय, भविष्य के लिये नींव के पत्थर तराश रहा था। युद्धभूमि में एक की मृत्यु, दूसरे के जीवन का मार्ग प्रशस्त कर रही थी। युद्ध, मनुष्य के मनुष्य होने की परीक्षा दो बार लेता है; एक प्रारंभ होने से पूर्व और एक समाप्त होने के बाद। युद्धकाल में तो वह केवल विजय की ही कामना करता है और उसका अंतिम लक्ष्य विजय प्राप्त करना ही होता है।

युद्धभूमि में जलती हर चिता, किसी-न-किसी के प्रतिशोध का भार ढोकर मुक्त हो रही थी। किये कृत्यों का स्मरण किसी को नहीं था।

कर्ण की युद्धभूमि में मनःस्थिति, हताशा और निराशा से परिपूर्ण थी। भूमि में धँसे रथ के पहिये को निकालते हुए कर्ण मुझे वीर पुरुषों के लक्षण बता रहा था; केशव मुझे उसके कुकृत्यों का स्मरण करा रहे थे और मैं उसकी देह को अपने नुकीले तीरों से काट रहा था। समय यहीं-कहीं खड़ा होकर, निष्पक्ष रहते हुए सभी को कर्मफल प्रदान कर रहा था।

मैं भी उन्हीं में से एक था, जिसने भी इस युद्ध में बहुत कुछ खोया था। एक योद्धा के रूप में भले ही ये अर्जुन, विजय के रथ पर आरूढ़ रहा हो, परंतु एक पिता ने अपना प्रिय पुत्र खोया था, ये पीड़ा तो उम्र भर रहनी ही थी। मुझे ज्ञात है कि कोई भी सुख इस रिक्तता को नहीं भर सकता था। हमने जो खोया था, वो हमारे धर्म और आदर्शों का मूल्य था, जिसे हमने शांति और बेहतर समाज की स्थापना के लिए चुकाया था।

युद्ध के बाद का समय, केवल खोने-पाने और आत्ममंथन से कहीं अधिक पूर्ण सामर्थ्य को समेटकर, जीवटता के साथ जीवन को पुनः मुख्य धारा में लाने का होता है और अब हमें मिलकर इसी के लिये कार्य करना था।

९

समय तो अपनी गति से निरंतर आगे बढ़ रहा था, मगर युद्ध के बाद सभी के जीवन में जो ठहराव और उदासीनता आ गई थी, उसने नकुल और सहदेव के जीवन में भी उथल-पुथल मचा रखी थी। प्रेम और अनुसरण को जीवनादर्श मानने वाले दोनों भाई, इस घटित घटनाक्रम में अपनी भूमिका तलाशने को प्रस्तुत थे... साथ ही उत्तरदायित्वों से मुक्त, उनके मन आज स्वयं से संवाद करते हुए कुछ और ही सोच रहे थे।

सहदेव, कुछ समय से जीवन में यकायक उतर आई इस रिक्तता से क्षुब्ध थे; वे भी सभी के सदृश अपनी व्यग्रता और पीड़ाओं के कारण मन में उठ रहे ज्वार से मुक्ति पाना चाहते थे, जिसके लिए वे मुक्ति का मार्ग अपने कक्ष के एकांत में स्वयं ही ढूँढ़ रहे थे। हास्य को तरसते उनके कान, सिसकियों से त्रस्त थे; ऊब ने देह की जकड़न के साथ-साथ मन को भी अशांत कर दिया था।

निरुद्देश्य ही सही, सहदेव, रक्तरंजित तलवार को धार देकर स्वयं को व्यस्त रखना चाहते थे, मगर ये उपक्रम उनके लिए कोई सुखद अनुभव नहीं था। उठते प्रश्न के साथ सभी के मन कुछ सकारात्मक परिवर्तन चाहते थे, ताकि इस सब से उबरकर, सुखद भविष्य के बीज रोपे जायें। मन में उठते

विचारों को काटने का यह प्रयत्न उनके लिए व्यर्थ ही हो रहा था, इसीलिए उनका मन और अधिक खिन्नता का अनुभव कर रहा था।

उभरते प्रश्न, यकायक नहीं उभरे थे; कुछ टीसें थीं, जो उसके मानवीय मन को कचोट रही थीं, जिसे सहदेव मानवेतर तर्कों से निरंतर शांत करने का प्रयास तो कर रहे थे, मगर मन उन्हीं मानवीय कमजोरियों को आत्मसात किये जा रहा था जो दुःखों का मूल कारण थीं। आज माता कुंती के स्नेह, द्रौपदी के प्रेम और ज्येष्ठों के भरोसे को, मन अपनी ही कई कसौटियों से गुजारने का प्रयत्न कर रहा था। तलवार एक ओर फेंक, शय्या पर लेटे हुए सहदेव सोचने-विचारने में तल्लीन हो गये थे।

‘‘मैं तो सभी से छोटा था और मुझे स्नेह भी सभी से अधिक मिला, इसीलिए दोष तो किसी को दे ही नहीं सकता; जो हुआ, वो तो उसी का स्वीकार्य था, जिसे हमने धर्म कहकर धारण कर लिया था... जो यकायक नहीं, बल्कि आपसी प्रेम और विश्वास के फलस्वरूप पनपा था। हम उसे ही तो जीते रहे। हमारे बीच के प्रेम में तर्क तो कभी आये ही नहीं। प्रेम का बंधन बहुत दृढ़ होता है, जो प्रेमी से उसकी आत्मा तक को भी बाँध देता है; जबकि घृणा, केवल विनाश के लिए ही भूमिका तैयार करने में लगी रहती है।

जो कार्य हमें बहुत पहले करना था, उसमें इतना विलंब हुआ कि सब कुछ बरबाद हो गया। हम सिर्फ रिश्तों, संबंधों और लोक के बारे में ही सोचते रहे, इसीलिए धर्म हमारी कमजोरी साबित हुआ... या फिर हम सभी धर्म को परिभाषित करने में चूक गये थे; तब तक अधर्म एकजुट होकर शक्तिशाली हो गया था और हम कुछ न कर सके; केवल स्वयं के प्रतिशोध के लिए साधन भर रह गए थे।

ये प्रतिशोध केवल द्रौपदी का नहीं था, हमारे ही कृत्य उसे यहाँ तक ले आये थे। उसने तो बिना कुछ किये ही बहुत कुछ भोगा था, इसीलिए दंभी और महत्वाकांक्षी पुरुषों के इन घृणास्पद कृत्यों को दंड मिलना आवश्यक था और उन्हें वही मिला... द्रौपदी ने भी यही चाहा था।

परिणाम भले ही हमारे पक्ष में हो, परंतु धर्म-अधर्म के इन दो पाटों के

बीच सब कुछ पिसकर रह गया था। ज्ञात नहीं है कि हमें इतिहास किस रूप में याद रखेगा; परंतु प्रेम हमारे जीवन का हिस्सा था, वह हमारी कमजोरी कभी नहीं रहा, जबकि हमारे धारण किये हुए तथाकथित धर्म ही हमें ठगते रहे। सिर्फ केशव के साथ ने ही हमारी विजय का मार्ग प्रशस्त किया और इस युद्ध में मानवीय मूल्यों की रक्षा के साथ-साथ धर्म के नये संदर्भ भी गढ़े गये, वरना अधर्म की धर्म पर जीत ही इतिहास में दर्ज होती।

मेरे स्वयं के तो कोई निर्णय ही नहीं थे और न उनके अनुसार कोई कर्तव्य... जो थे, उन्हें हमारे स्वधार्य धर्म ने ही संपादित किया था; हम तो प्रेम और त्याग से उन पर केवल चलते रहे और परिणाम भी सहर्ष ही भोगते रहे, फिर चाहे जीवन के सुखद क्षण संघर्षमय होकर ही क्यों न रह गये हों।

हमें प्रेम ने एक सूत्र में बाँधे रखा, तो वहीं कौरवों को उनकी महत्वाकांक्षा ने बिखरने नहीं दिया। हमने तो त्याग और संतोष का मार्ग चुना; तब भी युद्ध लड़ना पड़ा, कौरवों ने तो केवल छीनने के लिए ही युद्ध लड़ा था। पांडुपुत्रों ने धर्म के पक्ष में रहकर भी बहुत कुछ खोया, तो अधर्म की ओर खड़े सभी मिट गये। सच तो ये है कि हम सभी ने अपने-अपने धर्म और प्रतिशोध जिये हैं और उसी का मूल्य चुकाया है। पराधीन तो हम सभी थे; फिर चाहे धर्म के हों, अधर्म के हों या फिर दूसरों के कृत्यों के। केशव ठीक ही कहते थे, कर्म ही महत्वपूर्ण है, कारण और परिणाम तो सदैव ही अनिश्चित होते है।

हम मिलकर दुनिया के वैभव और सुखों का आनंद ले सकते थे, परंतु न ले सके, बल्कि रक्तपात की पीड़ा और भोगी। बिलखते परिजनों और अपनों को खोने के दुःख से हमें न धर्म बचा पाया और न अधर्म... तो फिर सही क्या है?'' सोचते-सोचते सहदेव का मस्तक भारी हो गया था। तभी द्रौपदी ने कक्ष में प्रवेश करते हुए कहा,

''आज कुछ व्यग्र लग रहे हो, क्या बात है?''

''हाँ पांचाली, परेशान तो हूँ; जब कुछ भी हमारे हाथ में ही नहीं है, फिर सही और गलत के क्या मायने हैं?''

''आज यकायक ये प्रश्न क्यों?''

"बस यूँ ही मस्तिष्क में कुछ विचार आ रहे थे, इसीलिए पूछ लिया।''

''ऐसे प्रश्नों के उत्तर तो धर्मराज ही दे सकते हैं या फिर सखा केशव; परंतु मैं तो इतना ही कह सकतीं हूँ कि जो नियति है या जो होना है, वो तो होकर ही रहता है; दोषी तो हम सभी होते हैं और कोई नहीं होता, परंतु धर्म के साथ होने पर एक संतोष तो अवश्य रहता है कि हमारे किये का स्मरण जब समय करेगा, तो त्याग, धर्म और जनकल्याण के साथ जोड़कर करेगा... यही मानवीय जीवन का आदर्श है और कर्म की सार्थकता, ये मुझसे एक दिन केशव ने कहा था... जब कारण हाथ में नहीं हैं तो कर्म के प्रति दुविधा क्यों हो और परिणाम की चिंता क्यों हो ?''

''सच कहती हो पांचाली; अगर दुर्योधन ये सब नहीं करता, तो युद्ध ही नहीं होता... जब अधर्म ही नहीं हो तो धर्म के मायने ही क्या हैं? इसका मतलब तो यही हुआ कि युद्ध से भी मानवीय गुणों की स्थापना हो सकती है; युद्ध, शांति का प्रणेता है।'' कहकर सहदेव चुप हो गए। द्रौपदी ने वहीं पड़ी तलवार देखकर कहा,

''आज तलवार को धार देना व्यर्थ ही है; अब तो नवनिर्माण की आवश्यकता है, बिखरे को समेटकर सहेजने की आवश्यकता है। ये व्यक्तिगत सुख-दुःख से ऊपर उठकर राजधर्म निभाने का समय है... जब तक जख्म नहीं भरते, कहीं कोई युद्ध नहीं होगा।''

सुनकर सहदेव, पांचाली के गंभीर चेहरे को देख रहे थे, जिसमें उन्होंने प्रेम और समर्पण की उत्कंठा और उत्कृष्टता को देखा था। समय सचमुच बहुत कुछ बदल देता है।

''अरे, मैंने ये तो पूछा ही नहीं कि पांचाली के आने का कारण क्या है।'' सहदेव ने मुस्कराकर कहा।

''सोचा, सभी को भोजन के लिए स्वयं ही बुला लूँ। आज स्वादिष्ट व्यंजन बनवाये हैं, इस स्वादहीन जीवन में फिर से जीवन के रंग भरे जायें, प्रतिशोध और दुःख बहुत हो चुके; हमें जितना खोना था खो चुके, अब और नहीं...' कहकर द्रौपदी ने नम आँखों से सहदेव की ओर देखा। सहदेव ने आगे बढ़कर हाथ थाम लिए।

"बहुत हो चुका पांचाली, अब इन अश्रुओं को मत बहाओ; इन नेत्रों में हमारे लिए प्रेम के अतिरिक्त कुछ और नहीं होना चाहिये... सुखद भविष्य के लिए हमारे व्यक्तिगत दुःखों का कोई मूल्य नहीं है; भ्राता नकुल को भी बुला लें, मैं सज्ज होकर आता हूँ।'' द्रौपदी मुस्कराकर नकुल के कक्ष की ओर चल दी। बहुत दिनों बाद, मन कुछ हल्का सा महसूस कर रहा था।

समय रोज नये द्वंद्वों से मस्तिष्क को जोड़ देता और जीवन वहीं थमकर रह जाता। सभी एक दूसरे की हिम्मत बनकर जीवन को गति प्रदान कर रहे थे; श्रीकृष्ण जिसकी धुरी थे और उनका साथ होना पांडुपुत्रों का संबल था।

दर्पण के समक्ष खड़े होकर आज नकुल का हृदय उस गर्व से नहीं भरा, जो कभी स्वयं के दैहिक सौंदर्य को देखकर भर जाता था। 'इस लम्बी मारकाट के बाद शायद मेरे मन की कोमल भावनाएँ भी खत्म हो गई हैं।' सोचते हुए नकुल ने दर्पण से मुख फेर लिया और खिड़की पर आ खड़े हुए। बाहर भी अंतस की तरह ही नीरवता छाई थी।

न जाने कितने खंडित शरीरों की स्मृतियों ने हृदय को घृणा से भर दिया था। देह की नश्वरता की अनुभूतियाँ इतनी प्रबल थीं, कि हृदय में एक विरक्ति सी बस गई थी। थके तन-मन, विश्राम की गहन शांति चाहते थे। तभी द्रौपदी ने पुकारा। चौंककर नकुल ने मुड़कर देखा और कहा, 'आओ पांचाली, शायद तुम्हारा सान्निध्य मन की पीड़ा कुछ कम कर सके।''

"आज भोजन आप सभी की रुचि के अनुरूप ही बनवाया है, इसीलिए स्वयं बुलाने यहाँ चली आई थी; आपका स्वास्थ्य तो उत्तम है!''

"हाँ, परंतु मन कुछ अस्वस्थ प्रतीत हो रहा है, इसीलिए देह भी तनिक शिथिल है; प्रेम और सौन्दर्य को महसूसने वाले हृदय ने भयंकर रक्तपात देखा है और किया है, उद्विग्न तो होगा ही।''

"सत्य कहते हो; मैंने तो सदैव ही पाँच गुनी पीड़ा महसूस की है... मैं तो पाँच अलग-अलग व्यक्तियों के लिए एक थी, परंतु मेरे लिए तो पाँच एक थे; मैं तुमसे अधिक थकी हूँ, फिर भी हिम्मत नहीं हारी। ये समय युग

परिवर्तन और सृजन का समय है, टूटने या थकने का नहीं है।''

''ठीक है पांचाली, परंतु जब स्वयं को एक व्यक्ति के रूप में देखता हूँ तो जीवन की निरर्थकता कहीं अधिक महसूस होती है।''

''यदि आप पाँचों का अस्तित्व पृथक होता तो उसी दिन कुछ शेष नहीं रहता, जब माताश्री ने मुझे आप पाँचों में बाँट दिया था; जब तक सोच और प्रेम से हम एक हैं, तभी तक हमारा अस्तित्व है; हम पूरक हैं, यही हमारी पहचान है और यही हमारी नियति, यही बात मैं अभी आपके भ्राता से कहकर आ रही हूँ... यहाँ आने से पहले मैं उनके कक्ष में गई थी, वो भी तुम्हारी ही तरह उद्विग्न थे, कह रहे थे,

''ज्ञात नहीं क्यों, कुछ अच्छा नहीं लग रहा है; मेरे गुण, मेरी प्रतिभा... वो भी इन्हीं शब्दों में स्वयं को खोज रहे थे, बेचैन मन क्या-क्या नहीं सोचता; परंतु ये नहीं सोच रहे थे कि हमारे दुःख, हमारे सुख सब साझा हैं, अब हम व्यक्तिगत नहीं सोच सकते, यही एकत्व हमारी सामर्थ्य है। हम पृथक तो कदापि नहीं हैं; हम तो एक दूसरे को देखकर ही सुख का अनुभव करते आये हैं, हमारे लिए साधन कभी महत्वपूर्ण रहे ही नहीं हैं।''

नकुल, मौन होकर द्रौपदी के कहे शब्दों के अर्थ खोज रहे थे और वो कहती जा रही थी।

''वे भी सज्ज होकर यहीं आते होंगे, शायद उनकी भी दुविधा अब तक समाप्त हो चुकी होगी; हम अकेले नहीं रह सकते...'' द्रौपदी कुछ आगे कहती, इससे पहले सहदेव ने आवाज दी।

'भ्राता...!'

''आ जाओ द्वार खुला है।'' नकुल ने कहा।

सामने सहदेव मुस्करा रहा था। द्रौपदी ने मुस्कराते हुए दोनों हाथ बढ़ा दिये, जिसे नकुल और सहदेव ने थाम लिए थे और फिर तीनों रसोई की तरफ बढ़ चले थे, जहाँ युधिष्ठिर, भीम और अर्जुन; नकुल, सहदेव और द्रौपदी की राह देख रहे थे। दुविधाएँ दूर हो चलीं थीं। सभी के हृदय फिर वही अपनत्व महसूस कर रहे थे, जिसमें सभी की पीड़ायें घुल रही थीं।

10

कभी-कभी जीवन की समस्त निरर्थकताएँ मिलकर, एक ऐसी सार्थकता को जन्म देती हैं, जिसके बाद जीवन बहुत सरल हो जाता है; तब जो विरक्ति आती है, वो नैराश्य से भरी हुई नहीं होती, बल्कि कुछ और ही होती है। यही मनःस्थिति, पूर्णता का भान कराती है, कि अब जितना कर सकते थे, उतना कर लिया, अब और नहीं... तब मुक्ति अर्थात मृत्यु ही एक मात्र विकल्प बचता है और वही इस नश्वर संसार की समस्त दैहिक, मानसिक पीड़ाओं और दुविधाओं से मुक्त होने की घोषणा करती है।

मैं पांडुपुत्र युधिष्ठिर, उसी को वरने हिमालय की ओर प्रस्थान करने को सज्ज हो रहा था। जिन्होंने जीवन भर साथ नहीं छोड़ा, वो भी इस महाप्रस्थान में साथ ही रहना चाहते थे। हमारा अस्तित्व सदैव साझा ही रहा था और पांचाली उसकी धुरी थी, इसीलिए हम सभी इस अंतिम-यात्रा में भी साथ ही थे।

ये मानवीय स्वभाव ही है कि वह अपने हितचिंतकों, संबंधियों और प्रेमियों के साथ ही रहना चाहता है और यदि वे ही न रहें तो मन में हताशा और विरक्ति के भाव पैदा होने लगते हैं, जीवन निःसार प्रतीत होने लगता है। यादव वंश के विनाश के बाद बलदाऊ और श्रीकृष्ण भी अपने धाम लौट

गये थे, माता कुंती आदि भी देह त्यागकर दूसरे लोक चले गए थे। मैं भी परीक्षित को राज्य भार सौंपकर स्वयं को मुक्त महसूस कर रहा था... अब इस देह से मुक्त होने का ये उत्तम समय था।

समय, एक नये युग के आरंभ की रूपरेखा तैयार कर चुका था। न जाने क्यों, मन आत्ममंथन की ओर अग्रसर हो रहा था। इस जीवन में बहुत कुछ ऐसा घटा था, जो विचारणीय है। मैंने मानवीय मूल्यों का साथ कभी नहीं छोड़ा और धर्माचरण करते हुए जीवन जिया। मुझे परिस्थितियाँ भी कभी नहीं तोड़ पायीं, परंतु दुविधा और द्वंद्व मुझे भी प्रताड़ित करते रहे... कुछ प्रश्न मेरे हृदय में शूल से गड़े रहे और मैं अधिकारों और कर्तव्यों के मध्य बैठा उसकी पीड़ा को सहता रहा।

माता के मुख से निकले शब्दों को अपना धर्म समझने वाला युधिष्ठिर, द्रौपदी को दासी या भोग्या समझकर दाँव पर कैसे लगा सकता था? परंतु मैंने ये किया है। मैं ऐसे धर्म का त्यागकर, द्यूत छोड़कर उठ सकता था, परंतु न कर सका; क्रोध और अहंकार, सत्य के लिए हो या स्वार्थ के लिए, बुद्धि अवश्य ही हर लेता है। क्या धर्मवान और छल-कपट रहित हृदय ही ठगने के योग्य होते हैं? और फिर मैं तो दो बार ठगा गया। शायद ये मेरी धार्मिक जड़ता का ही प्रतिफल था कि मैं परिणाम जानते हुए भी उसे न टाल सका। क्या वास्तव में, मैं एक धर्म-भीरु व्यक्ति था, या फिर मेरे चुने धर्म में वो विवेक नहीं था, जो संबंधों से ऊपर उठकर सत्य को स्वीकार कर, विरोध का मार्ग अपना लेता। मेरे मन में कई प्रश्न उठ रहे थे, जिनके उत्तर स्वयं मुझे ही खोजने थे।

मेरे लिए तो राजभवन और अरण्य दोनों एक ही थे; शायद तभी मुझसे ये अनर्थ हुआ। अगर द्यूतक्रीड़ा इस युद्ध का कारण नहीं होती तो कोई और कारण होता, क्योंकि दुर्योधन का स्वभाव और उसके कृत्य, युद्ध की भूमिका बाँध रहे थे। मैं न भी चाहता शायद तब भी, धर्म-अधर्म के लिये स्वयं की स्थापना हेतु अंतिम विकल्प युद्ध ही होता। मैं युद्ध को जितना टाल सकता था, उतना टालता रहा; यहाँ मुझसे ये समझने में एक त्रुटि अवश्य हुई कि सभी युधिष्ठिर नहीं हो सकते और मैं अपने सिद्धांत औरों पर थोप रहा हूँ। जैसे क्षमा को मैंने अपना धर्म समझा, वैसे ही भीम आदि ने दंड को

अपना धर्म। समय ने स्वभाव के रूप में वही रचा, जो वह रचना चाहता था। यही विविधता तो जीवन की वास्तविक गतिशीलता है; हम तो निमित्त मात्र हैं, जो अपने स्वभाव के वशीभूत होकर कर्म करते हैं।

मैं भीम को विष देने और द्रौपदी का अपमान करने वाले दुर्योधन को भी क्षमा कर सकता था, परंतु नहीं कर पाया; मेरी व्यक्तिगत सोच पर समाज, परिवार और न्याय की अवधारणा हावी रही और मैं न चाहते हुए भी सभी के प्रतिशोध का हिस्सा बन गया, परंतु मैंने सत्य और धर्म का त्याग कभी नहीं किया।

मैं केवल धर्म के रक्षार्थ और शांति की स्थापना के लिए ही लड़ रहा था, तभी तो युद्ध के भयंकर विनाश ने भी नवयुग के सृजन के लिए द्वार खोले; यही सही अर्थों में युद्धधर्म है। अपने जीवन को सद्गति देना हर मनुष्य का कार्य है, जहाँ पुरुषार्थ सदैव धर्मार्थ कार्य हेतु प्रेरित करता है, यही सोचकर मैं सदैव भोजन और प्रजनन से ऊपर उठकर मनुष्य होने का प्रयत्न करता रहा।

महत्वाकांक्षाएँ, न चाहते हुए भी हर नकारात्मक एवं प्रतिकूल क्रिया के फलस्वरूप क्रोध को जन्म दे ही देती हैं और फिर क्रोध से भरा व्यक्ति न अपना हित कर सकता है और न दूसरे का। यही कारण रहा कि मैं प्रतिशोध की आग में उतना नहीं जला, जितने कि द्रौपदी और मेरे भाई जले। मैंने अपने हृदय में द्वेष, पक्षपात और घृणा के बीज कभी अंकुरित होने ही नहीं दिये। इसी त्यागपूर्ण समत्वभाव ने तो मुझे सभी दुविधाओं से बचाकर, निर्णय लेने का साहस दिया।

इस धर्मयुद्ध के बाद, मेरे हृदय में सिंहासन के प्रति कोई इच्छा या लगाव नहीं रह गया था। अधर्मियों से लड़ते-लड़ते हम भी उसी राह पर चल निकले थे। मेरे मन की दुविधा समझते हुए श्रीकृष्ण ने कहा था,

‘‘कभी-कभी काँटे से, काँटे को निकालना जरूरी हो जाता है, नहीं तो शरीर में पीड़ा होती ही रहती है और विष फैलने का अंदेशा रहता है; ठीक उसी तरह अगर इन्हें उपयुक्त कार्य करके न मारा गया होता, तो अधर्म पर धर्म की विजय असंभव थी।’’ फिर भी मैंने धर्म की राह नहीं छोड़ी। श्रीकृष्ण

सर्वज्ञ थे और उनके तर्क, जीवन को सहजता प्रदान करने वाले... एकदम अकाट्य।

जहाँ चाह होती है वहाँ राह भी निकल ही आती है। मैं कर्ण से पराजित और घायल होने के बाद अपमान और पीड़ा की अग्नि से झुलस रहा था, तभी अर्जुन मुझे देखने आये थे। मैंने सत्य को समझे बिना ही उन्हें बुरा-भला कहा और यहाँ तक भी कह दिया था कि गांडीव किसी और को दे दो। इस पर प्रतिज्ञा के कारण अर्जुन मेरा वध करने को तत्पर हो गया था। तब श्रीकृष्ण ने मेरी रक्षा की और अर्जुन ने ज्येष्ठ भ्राता का अपमान कर अपनी प्रतिज्ञा का मान रखा। कहते हैं कि ज्येष्ठों का अपमान भी उनकी हत्या के ही बराबर ही होता है; जिसके लिए मैंने उसे क्षमा तो कर दिया, मगर ये घटना मुझे भीतर तक कचोटती रही। क्या मैं भी धर्मार्थ इतना सब करते हुए भी मानवीय कमजोरियों से ग्रसित रहा? इसका उत्तर कुछ और स्मृतियों में खोजना पड़ा।

द्रौपदी को हारने के बाद जो हुआ, उससे आहत भीम, अग्नि से मेरे हाथ जलाने की बात करता है और मैं मौन होकर सुनता हूँ; परंतु जब मैं स्वयं प्रताड़ित और अपमानित होता हूँ, तो मेरा भी क्रोध जाग उठता है। शायद मैं ये विस्मृत कर गया कि मैं भी मनुष्य ही हूँ, मेरे भीतर भी मानवीय कमजोरियाँ हो सकतीं हैं। फिर भी जितना धर्माचरण हो सकता था, मैंने किया।

पितामह चाहते थे कि मैं राजा बनकर प्रजा की सेवा करता रहूँ, क्योंकि उनकी नजर में, मैं न स्वार्थी था और न महत्वाकांक्षी; भोग-विलास तो बहुत दूर की बात थी। उनका ऐसा सोचना प्रजा के हित में था। मैंने ये उत्तरदायित्व स्वीकार कर लिया। महाराज धृतराष्ट्र चाहते थे कि मैं द्यूत खेलूँ। मैंने उनकी इच्छा में छल-कपट के स्थान पर राजाज्ञा में ही अपना धर्म खोज लिया था। हानि-लाभ तो व्यापारियों को शोभा देता है; मुझमें तो त्याग और विरक्ति थी, इसीलिए मेरा धर्म ही मेरे लिए कमजोर द्वार बनकर, दूसरों को उसे तोड़ने के लिए प्रेरित कर रह था।

शकुनि का छल और दुर्योधन की स्वार्थ से परिपूर्ण महत्वाकांक्षा, हमें सदैव ठगते ही रहे और मैं उन्हें क्षमा करता रहा; परंतु इसका परिणाम सभी

ने निर्दोष होते हुए भी भोगा। मैंने तो सभी के सुख की कामना किसी भी मूल्य पर की थी, जिसे मैंने चुकाया भी... मैंने ही क्यों, हम सभी ने चुकाया। आपसी प्रेम ही हमारी सामर्थ्य थी, जो हमें हमारी मानवीय कमियों से उबरने में हमारा संबल बनती रही।

हम सभी ने कुछ न कुछ मानवीय कमजोरियों को जिया है; कितनी... ये तो परिणाम ही तय करते रहे हैं। फिर भी वैचारिक उत्कृष्टता और सात्विक कर्म ही मेरे कर्मों को नियंत्रित करते रहे।

सत्य-भाषण और शास्त्रोचित कर्मों को करते हुए मेरा जीवन अब अंतिम प्रयाण पर था। मेरे अनुजों के साथ द्रौपदी और एक कुत्ता भी साथ हो गया। साथ भी तो, किये गये कर्मों और व्यवहारों की परिणति ही होते हैं और हमारी गति के आधार स्तंभ भी। महाप्रयाण के समय आगे बढ़ते हुए सबसे पहले द्रौपदी लड़खड़ाकर गिरी थी और फिर उठी ही नहीं। तब भीम ने मुझसे पूछा था,

"द्रौपदी, नारियों में श्रेष्ठ, सेवा और धर्माचरण करने वाली थी, फिर ये क्यों इस तरह मृत्यु को प्राप्त हुई?" भीम का प्रश्न सुनकर मैंने उससे कहा,

"द्रौपदी के मन में सदैव अर्जुन के लिये पक्षपात रहा था, इसीलिये द्रौपदी को ये गति प्राप्त हुई है और सद्कर्मों के कारण अक्षुण्ण सौभाग्य की स्वामिनी रही है।"

"आपने पूर्व में तो इसकी चर्चा कभी नहीं की और न कभी हमें ऐसा महसूस होने दिया; मुझे तो पांचाली के व्यवहार सभी के प्रति समभाव लिये ही लगते रहे थे... अगर उसे बल की जरूरत होगी तो मुझे और ज्ञान की बात होगी तो आपको ही बुलायेगी, फिर पक्षपात कैसा?"

"भीम, आचरण कृत्रिम भी हो सकते है... कुछ बातें व्यवहार से परे भी होती हैं और कुछ नितांत निजी, जिन्हें केवल महसूस किया जाता है।" सुनकर भीम मौन हो गये थे, मगर भीम का हृदय और बुद्धि ये मानने को तैयार ही नहीं थे; परंतु जब ज्येष्ठ ने कहा है तो बात विचारणीय तो है ही। भीम कुछ सोचकर बुदबुदाने लगे थे।

"ज्येष्ठ! द्रौपदी तो अर्जुन की ही थी; उसी ने उसे स्वयंवर में जीता था, बीच में तो हम ही आ गये; कारण चाहे धर्म हो या कुछ और.. उसके हृदय में प्रेम के बीज तो अर्जुन ने ही बोये होंगे, हम तो धर्म निभाने को पति बने थे; फिर भी द्रौपदी ने बहुत निभाया, उसके इस त्यागपूर्ण कृत्य पर लांछन मत लगाइए।'' उसने इतने धीमे स्वर में कहा कि युधिष्ठिर सुन ही नहीं पाये। वे स्वयं भी कुछ विचार कर रहे थे।

"धर्म की व्याख्या बहुत महीन होती है, भीम शायद ही ये समझ पाये; अब इन सब बातों का समय भी नहीं है।'' सोचकर युधिष्ठिर भी मौन ही रहे, मगर अब भी उनके विचारों का क्रम वहीं से जुड़ा था।

"मैंने वही कहा जो मुझे सत्य लगा; भीम ने ये सोचा होगा कि भ्राता के मन में इस बात की टीस रही होगी और ये भी कि द्रौपदी को स्वयंवर में अर्जुन ने जीता था, इसीलिए अर्जुन के प्रति उसका प्रेम स्वाभाविक और स्त्रियोचित भी था।''

फिर नकुल, तत्पश्चात सहदेव भी गिरकर मृत्यु को प्राप्त हो गए तो भीम ने फिर पूछा था,

"ज्येष्ठ! नकुल और सहदेव ने सदैव धर्मानुसार आचरण किया और सदैव ही अपने ज्येष्ठों का अनुसरण और आज्ञा पालन किया; तब भी इनकी ये गति हुई।'' सुनकर युधिष्ठिर मुस्कराये, तत्पश्चात कहने लगे,

"सुनो भीम, ये मानवीय स्वभावगत रूप और गुणों के अहं के कारण मृत्यु को प्राप्त हुए हैं।'' उनके पूछने पर युधिष्ठिर ने भीम से यही कहा।

"और इनके पुण्य कर्म काम नहीं आये?'' भीम ने पुनः पूछा।

"पुण्य कर्म संचित हों तो सदैव भविष्य को सुखद बनाते हैं, परंतु ये भी याद रखना चाहिए कि विष की एक बूँद भी बहुत सारे दूध को प्राणहंता पेय में बदल सकती है; मनुष्य कभी भी कर्मफल भोगे बिना नहीं छूटता है... सुख हो या दुःख, उसे स्वयं ही भोगने पड़ते हैं।

भीम, अर्जुन और युधिष्ठिर कुछ और आगे बढ़े कि लड़खड़ाकर अर्जुन भी गिर पड़े, जो अब तक मौन होकर चल रहे थे और फिर उठे ही

नहीं। तब भीम ने कहा।

"ज्येष्ठ! अर्जुन भी?"

"हाँ भीम; सर्वश्रेष्ठ होने के अहं के कारण अर्जुन मृत्यु को प्राप्त हो गये हैं।'' युधिष्ठिर ने भीम से कहा। कुछ समय आगे बढ़ाने के पश्चात भीम भी उसी गति को प्राप्त हो गए। तब भूमि पर पड़े भीम ने युधिष्ठिर से पूछा,

"और ज्येष्ठ मैं!?"

"भीम, तुम भी अर्जुन की तरह ही बल और श्रेष्ठता के अहंकार के शिकार हुए थे।'' कहकर युधिष्ठिर मुस्कराये। भीम, अंतिम प्रणाम कर शांत हो गए।

जिनके साथ उम्र व्यतीत की थी, वे एक-एक कर साथ छोड़ रहे थे... उनकी देह के रिश्तों से जुड़ी हर चीज भी स्वतः समाप्त होती जा रही थी। और मैं स्वयं युधिष्ठिर, देह के आवरण उतारता हुआ निरंतर आगे बढ़ता जा रहा था। वह कुत्ता अब भी मेरे साथ सतत् धर्म-तुल्य हो आगे बढ़ रहा था। मेरा धर्मयुक्त आत्मबल मुझे आसक्ति और निराशाओं से उबारकर निरंतर गतिमान बनाये हुए था। ये जीवन के अंतिम लक्ष्य के लिये मेरी अंतिम यात्रा थी, जिसका मार्ग स्वयं मेरा धर्म प्रशस्त कर रहा था।

दूसरी ओर एक नये युग का प्रारंभ हो रहा था...।